文春文庫

紅《べに》花《ばな》ノ邨《むら》

居眠り磐音（二十六）決定版

佐伯泰英

文藝春秋

目次

「居眠り磐音」

主な登場人物

佐々木磐音《ささきいわね》
元豊後関前藩士の浪人。直心影流の達人。旧姓は坂崎。師である佐々木玲圓の養子となり、江戸・神保小路の尚武館佐々木道場の後継となった。

おこん
磐音の妻。磐音が暮らした長屋の大家・金兵衛の娘。今津屋の奥向き女中だった。

今津屋吉右衛門《いまづやきちえもん》
両国西広小路の両替商の主人。お佐紀《さき》と再婚、一太郎が生まれた。

由蔵《よしぞう》
今津屋の老分番頭。

佐々木玲圓《ささきれいえん》
直心影流の剣術道場・尚武館佐々木道場を構える。内儀はおえい。

速水左近《はやみさこん》
将軍近侍の御側御用取次。佐々木玲圓の剣友。おこんの養父。

依田鐘四郎《よだかねしろう》
佐々木道場の元師範。西の丸御近習衆。

松平《まつだいら》辰平《たつぺい》
佐々木道場の住み込み門弟。父は旗本・松平喜内《きない》。廻国武者修行中。

重富《しげとみ》利次郎《としじろう》
佐々木道場の住み込み門弟。土佐高知藩山内家の家臣。

品川《しながわ》柳次郎《りゅうじろう》
北割下水の拝領屋敷に住む貧乏御家人。母は幾代《いくよ》。

竹村《たけむら》武左衛門《ぶざえもん》
南割下水吉岡町の長屋に住む浪人。妻・勢津《せつ》と四人の子持ち。

幸吉《こうきち》
深川・唐傘《からかさ》長屋の叩き大工磯次《いそじ》の長男。鰻屋「宮戸川」に奉公。

おそめ
幸吉の幼馴染み。縫箔職人を志し、江三郎《こうざぶろう》親方に弟子入り。おはつの姉。

桂川《かつらがわ》甫周《ほしゅう》国瑞《くにあきら》
幕府御典医。将軍の脈を診る桂川家の四代目。妻は桜子。

中川《なかがわ》淳庵《じゅんあん》
若狭小浜藩の蘭医。医学書『ターヘル・アナトミア』を翻訳。

鶴吉《つるきち》
浅草聖天町「三味芳」の名跡を再興した六代目。三味線作りの名人。

徳川《とくがわ》家基《いえもと》
将軍家の世嗣。西の丸の主。

小林《こばやし》奈緒《なお》
磐音の幼馴染みで許婚《いいなずけ》だった。小林家廃絶後、江戸・吉原で花魁《おいらん》・白鶴《はっかく》となる。前田屋内蔵助に落籍され、山形へと旅立った。

坂崎《さかざき》正睦《まさよし》
磐音の実父。豊後関前藩の藩主福坂実高《ふくさかさねたか》のもと、国家老を務める。

『居眠り磐音』江戸地図

新吉原
山谷堀
東叡山 寛永寺
待乳山聖天社
向島
上野
下谷車坂町
浅草
今戸橋
聖天町
浅草寺
竹屋ノ渡し
不忍池
下谷広小路
新寺町通り
新堀川
花川戸町
業平橋
吾妻橋
品川家
十間川
北割下水
首尾の松
今津屋
天神橋
本所
石原橋
法恩寺橋
竹村家
新シ橋
浅草御門
柳原土手
両国橋
南割下水
横川
長崎屋
金的銀的
竪川
薬研堀
松井橋
浮世小路
若狭屋
大川
鰻処宮戸川
六間堀
魚河岸
猿子橋
新大橋
小名木川
日本橋
日本橋川
鎧ノ渡し
万年橋
霊巌寺
深川
亀島橋
金兵衛長屋
霊岸島
八丁堀
仙台堀
永代橋
永代寺
鉄砲洲
富岡八幡宮
佃島
越中島
堺橋

護国寺
中山道
日光御成街道
面影橋
小石川
伝通院
本郷
牛込
豊後関前藩
上屋敷
湯島天神
神田川
神田明神
牛込御門
表猿楽町
尚武館佐々木道場
駒井小路
駿河台
筋違橋御門
田安御門
昌平橋
市谷八幡宮
九段坂
神保小路
雉子橋
内藤新宿
四谷大木戸
市谷御門
善国寺谷通
麹町
江戸城
四谷
四谷御門
大手御門
半蔵御門
道灌堀
平川天満宮
和田倉御門
呉服町
馬場先御門
鍛冶橋御門
南町奉行所
溜池
数寄屋橋御門
三十間堀川
木挽橋
原宿
愛宕権現
木挽町
宝泉寺
増上寺
麻布広尾町
芝
麻布村

紅花ノ邨

居眠り磐音（二十六）決定版

第一章　老いた鶯

一

季節は仲夏《ちゅうか》から晩夏に移ろうとしていたが、暑さが連日江戸を襲っていた。ために神保小路《じんぼうこうじ》の直心影《じきしんかげ》流尚武館《しょうぶかん》佐々木《さき》道場の門前を警護する白山《はくさん》もげんなりした様子で、日陰に体を休めていた。そして、白山が舌を出してはあはあと息をするたびに、白毛の腹が波打った。

「白山、大丈夫」

佐々木家に奉公に入ったばかりの竹村武左衛門《たけむらぶざえもん》の娘の早苗《さなえ》が井戸端から冷たい水を手桶《ておけ》に汲《く》んできて、温《ぬる》くなった水と取り換えた。すると白山がうっすらと目を開き、のろのろと立ち上がると、ぺちゃぺちゃと水を飲み始めた。

「おまえはこの家では私の先達なんだから、いつまでも元気でいなければ駄目よ」

と早苗が頭を撫《な》でた。すると白山が顔を振って口の端に付いた水を払い落とし、

(分かっておるぞ)

というように尻尾《しっぽ》を振って甘えた。

「これ、おまえのよだれが私の顔にかかりましたよ」

白山は今度はしゃがんだ早苗に体を擦《こす》りつけて後ろ脚を上下させた。甘える白山の体を抱きながら、早苗は茹《う》だるような神保小路を眺めた。小路を挟《はさ》む武家屋敷の塀の上には、百日紅《ひゃくじつこう》が陽射《ひざ》しを浴びて花簪《はなかんざし》のように咲き誇っていた。

人の往来は絶え、息を潜《ひそ》めるような暑さが武家地を覆っている。

どこかで気怠《けだる》げに風鈴の音が鳴った。だが、すぐにやんだ。

風もなくただ白熱した光が散っていた。

早苗は白山の体を撫でながら、

(母上や、弟、妹たちは元気かしら)

と本所南割下水の半欠け長屋の親きょうだいを思った。

早苗が佐々木家に奉公に来て十数日になろうとしていた。

武左衛門の怪我《けが》はようやく完治したが、まだ仕事に就ける状態ではなかった。

早苗にとって本所界隈《かいわい》がただ一つの世間だった。それが御城近くの神保小路の佐々木道場に奉公に出て、すべての風景が違って見えた。

なにしろ尚武館は朝まだきから竹刀《しない》の打ち合う音が響き、若い門弟たちが無心に、竹刀一本に青春を賭《か》けてぶつかり合っていた。

道場では身分の上下はない。師弟のけじめや長幼の序は厳然とあったが、親の身分や禄高《ろくだか》で言葉遣いが変わるということもなく、若者たちがひたすら剣の修行に明け暮れていた。

早苗が驚いたのはおこんの貫禄《かんろく》だった。

深川六間堀の金兵衛《きんべえ》の一人娘は、両国西広小路の一角に分銅《ふんどう》看板を掲げる両替商今津屋《いまづや》の奥向きの女中奉公十年を経て、佐々木道場に養子に入った磐音《いわね》のもとに嫁入りしてきたばかりだ。

おこんは町屋育ちにも拘《かかわ》らず佐々木家の家風に馴染《なじ》み、舅《しゅうと》姑《しゅうとめ》である佐々木玲圓《れいえん》とおえいとは実の親子のように交わり、数多《あまた》の門弟とも自然に付き合っていた。なにより亭主の磐音を敬愛し、磐音もまたおこんを慈しんでいた。

早苗の両親には見ることのできなかった信頼の情だった。

だれの前に出ようと、おこんは気後れを感じるふうではなかった。といって相手をないがしろにしたり、気張っているわけではない。自然体なのだ。

(私は到底おこん様にはなれそうもない)

神保小路に奉公に来てすぐに早苗は悟った。そのとき、

(佐々木家に末永く勤めることができようか)

と迷い心が生じた。それを見抜いたようにおこんが、

「早苗さん、肩が丸まっておられますよ。私にも覚えがありますが、肩が丸まるのは、緊張するあまり、自ら構えておいでだからです。大らかさが佐々木の家風です。ほら、このように、竹刀を大きく構えて持つと胸が張り、周りがよく見えるようになりますよ」

とおこんが拳《こぶし》にして合わせると、

「お面！」

と道場での打ち合いを真似《まね》て廊下を摺《す》り足してみせた。

(そう、神保小路の尚武館には自ら望んで奉公に来たのだ)

母のため、幼い弟妹のために頑張らねばと思い直したのだ。

かといって佐々木家のどこが嫌だというのではない。本所の半欠け長屋のささ

やかな暮らししか知らぬ早苗は、敷地四百五十余坪、毎日大勢の若者が出入りする尚武館の活力に戸惑いを覚えていただけだ。

　それは自分でも分かっていた。分かっていて、どうしてよいか分からなかった。そんな折り、長屋門の下に居場所を与えられた白山のところに来て、早苗は悩みを打ち明けたのだった。

　今も白山が早苗に視線を向けて、

（そう気張るでないぞ、早苗）

と何事も見抜いているような眼差《まなざ》しを見せた。

「大丈夫よ。私、幸せすぎてどうしていいか分からないだけよ」

と呟《つぶや》く早苗の耳に、最前まで静かだった道場から体をぶつけ合って打ち込み稽《げい》古《こ》をする気配が伝わってきた。

「面！」

とか
「小手一本！」

という声は、若い門弟の重富利次《しげとみとしじ》郎《ろう》らが今月の定期戦を始めたのだ。

早苗が奉公に上がった頃、尚武館の若い門弟だけでひと月かけて行われた試合が終わり、入門四年目の伊予《いよ》松平家家臣の曽我慶一郎《そがけいいちろう》が、重富利次郎との全勝対決を制して栄冠を得ていた。

慶一郎は下馬評にも上がらない伏兵であった。だが、地味な稽古が実って、予想外の結果を生んだ。

「慶一郎め、死んだ振りをしおっておれを油断させ、勝ちおったわ」

とでぶ軍鶏《しゃも》こと利次郎は地団駄を踏んで悔しがったが、磐音から、

「利次郎どの、負け惜しみを吐くものではない。曽我慶一郎どのはすでに松平様御近習《ごきんじゅ》としてご奉公ゆえ、道場におられる時間は少ない。だが、それがしが見るところ、多忙な奉公の間を縫《ぬ》って独り稽古に研鑽《けんさん》されてきたのじゃ。利次郎どの、勝負を分けた最後の小手は、そなたの油断じゃぞ」

という磐音の言葉に利次郎は愕然《がくぜん》として、

「曽我慶一郎、完敗であった。じゃが、この次はなんとしてもそなたに借りを返す。覚悟いたせ」

と半ば脅《おど》すように言いかけたが、慶一郎はただ静かに笑みを浮かべているだけだった。

それだけに利次郎が次に賭ける意気込みは物凄《ものすご》く、連日尚武館に、

「でぶ軍鶏の鳴かぬ日はなし」

と先輩方に揶揄《やゆ》されていた。

この刻限も、利次郎が道場狭しと動き回っているのであろう。軍鶏にしては野太い気合いが響いていた。

早苗の前に黒い影が走った。

物思いに耽《ふけ》るあまり、その人が門前に立ったのを早苗は気付かなかった。びっくりして立ち上がった早苗に白山も飛び起き、訪問者を見るとちょこちょこと尻尾を振ってみせた。

「娘さん、驚かしたようだな。すまねえ」

と紫の布袋に入れた道具を抱えた男が早苗に詫《わ》びた。

「いえ」

武家地には珍しい職人風の形《なり》だった。

「おまえさん、尚武館にお勤めですかえ」

「先月から尚武館に住み込み奉公に参りました竹村早苗です」

早苗は尚武館に出入りの職人らしい人物に頭を下げた。

「竹村早苗さんか。わっしは、若先生方の世話で浅草聖天町《しょうでんちょう》に店を構えたばかりの三味線造りの鶴吉《つるきち》でさ。以後、お見知りおきを願いますぜ」

と職人らしくてきぱきとした挨拶《あいさつ》だ。

鶴吉はただの三味線造りではない。名人と呼ばれた三味芳四代目の次男で、このたび、磐音らの奔走で、初代、二代目と店を開いていた浅草寺《せんそうじ》寺領聖天町の旧宅を買い取り、名跡を継いで三味芳六代目の看板を掲げたばかりの新名人だ。すでに吉原の芸者衆から、

「三味芳、復活す」

の噂《うわさ》に注文が殺到しているという。

「こちらこそ宜《よろ》しくお願い申します」

「ちょいと奥に通らせてもらいますよ」

「案《あ》内《ない》いたします」

と早苗が案内に立った。

「娘さん、余計なことだが訊いていいかね」

「はい」

と早苗が鶴吉の浅黒い顔を見た。

「いやさ、おまえさんが白山に話しかけているのを見てさ、奉公が辛《つら》くなったたん

じゃねえかと、つい余計な詮索《せんさく》を胸の中《うち》でしたんだ。奉公は三日続けば三月《みつき》もつ、三月もてば三年は大丈夫だ。最初のうちはどうしても無理をして奉公先に合わせようとする。そうするてえと、てめえでてめえを辛い立場に追い込んでしまうんだ。こんなときはさ、気を楽に持ちねえ。佐々木様は物分かりの悪い主《あるじ》ではないからね」

黒目を見開いた早苗が大きく頷《うなず》き、一瞬の裡《うち》に心中をあっさりと見抜いた鶴吉に、

「私、こちらに不満があるわけではございません。白山とただ話していただけです」

と答えていた。

「そうかえ、お節介をしたようだな」

と鶴吉が苦笑いした。

枝折戸《しおりど》から母屋に向かうと、白桐《しろぎり》が青々とした大葉を広げて濃い影を地面に落としていた。

「あら、鶴吉さん」

佐々木家の母屋と離れ屋の飛び石に、白地の紬《つむぎ》を着たおこんが立っていた。

「おこん様、お元気そうでなによりでございます」

鶴吉は嫁入り前のおこんをさん付けで呼んでいた。だが、御城近くの武家地に長年道場を構え、幕臣、大名家の家臣を多く門弟に持つ剣術家佐々木家の嫁となった今、

「おこん様」

と呼び変えていた。

「おこねさんのお加減はどうですか。お腹《なか》に障《さわ》ることはなさっておられませんか」

とこちらも商家勤めの言葉を改めて応じていた。

「近頃、やや子が腹の中で激しく暴れるようで、そのうちおこねの腹の皮を蹴《け》り破って、お父っつぁん、おっ母さんと出てくるんじゃないかと、おこねと話しているところでさ」

「あらあら、元気ならなによりです」

おこんの目が、紫色の布に包まれた道具にいった。

「鶴吉さん、三味線ですね」

「へえ、わっしが江戸で六代目の看板を掲げるとき、最初に造った三味線はこち

らのお内儀《ないぎ》様のものと決めておりましたんで」

磐音や、吉原を仕切る会所の四郎兵衛《しろべえ》らの尽力で聖天町に店と住まいを定めることが決まったとき、鶴吉は偶然にも、おえいがその昔、三味線に馴染んでいたことを知った。その折り、

「お内儀様、江戸でお店を開いた暁には、最初にお内儀様の三味線を造らせてもらいます」

と約束していたのだ。だが、だれもがそれを真実と受け取ったわけではなかった。なにしろ三味芳六代目鶴吉の造る三味線は、

「名人の四代目を凌《しの》ぐ」

と評判で、吉原の芸者衆が何十両と目の前に積んでの直談判《じかだんぱん》が連日繰り返されていると、おこんもおえいも聞いていた。

「まあ、大変」

と驚きの声を小さく洩《も》らしたおこんが、

「養母上《ははうえ》、鶴吉さんが養母上の三味線をお持ちでございますよ」

と母屋に叫んでいた。

「これ、おこん、騒々しいではありませぬか」

と母屋から顔を覗《のぞ》かせたおえいが鶴吉を認めて、さらに抱えた道具に視線を巡らし、ごくり、と唾《つば》を飲み込んだ。

「鶴吉どの、いつぞやの話、真に受けたわけではありませんよ」

とこちらも急に身が引けた体《てい》だ。

「いえ、わっしは最初からその気でさあ。こいつを納めねえと、江戸で本式に三味線造りはできません」

と鶴吉が言い切った。

鶴吉が一旦《いったん》三味線造りをやめて江戸を離れたのには複雑な事情があったし、また江戸に戻ってきたとき、三味芳の名跡を復活させるために磐音が尽力してくれたことを鶴吉は、

「格別」

と感じていた。そのお返しになにができるかと考えたとき、鶴吉は、

「江戸で暖簾《のれん》を掲げる一棹《ひとさお》目の三味線は、なにがなんでも佐々木えい様に造って贈る」

とこの二十日あまり没頭してきたのだ。

「鶴吉どの、まずはお上がりくだされ」

「へえっ、お邪魔いたします」

と鶴吉が縁側から母屋の居間に上がった。

迎えるおえいの顔は紅潮して、どことなくそわそわと落ち着きを失っていた。

「お内儀様、まずはご覧になってくださいまし。気に入らないところがありましたら、いくらでも手直しいたします」

数年前の江戸で、次の名人との呼び声の高かった鶴吉が差し出した三味線を、おえいが両手で受け取り、

「開けてもよろしいか」

と鶴吉ともおこんともつかず顔を見た。

「養母上、私にも早く見せてくださいまし」

おこんに急《せ》かされたおえいが紫地の布の端を解《ほど》こうとして、

「ちょっとお待ちを」

と鶴吉に願うと、三味線を掲げて仏間に向かった。

おこんは、おえいが三味線を仏壇の前に置いて燈明《とうみょう》を灯《とも》し、合掌して何事か念ずるのを見て台所に向かった。早苗を手伝うためだ。

おこんと早苗が茶菓を運んできたとき、神棚の前にも座を移して三味線を奉じ

たらしく、

「これでよし」

とおえいが自ら得心させながら居間に戻ってきた。

「ご先祖様とご神前にな、鶴吉どのが精魂を込めて造られた三味線を私の拙《つたな》き芸で穢《けが》しませぬようお願いしました。そのついでといってはなんですが、鶴吉どのの商売繁盛もお祈りしておきました」

「お内儀様、商いまでお気に留めていただいて申し訳ございません」

と笑って応じた鶴吉が、

「さあ、どうか直にお手にとってくださいまし。どんな道具も、使ってなんぼのもんでございますよ」

「そなたはそう言われるが、三味芳のお道具は名人巧者が使うものと相場が決まっております。それを、何十年ぶりに手にする素人《しろうと》の私が触れるかと思うと緊張します」

と言いながらおえいが紫の布地を解いた。

居間に射《さ》し込む夏の光に紫檀《したん》の棹が滑らかにも艶《つや》やかに輝き、胴の花梨《かりん》材にトチと呼ばれる木肌模様が浮き上がってなんとも美しい。糸巻は黒檀《こくたん》だ。

「まあ」

　とおえいが感嘆の声を上げたまま黙り込んだ。おこんも三味線全体の艶っぽい線とかたちの美しさに言葉もない。ようやくおえいが、

「これはこれは」

　と呟き、

「どうなされました、お内儀様」

「鶴吉どの、やはり私が弾くお道具ではありません」

「いえ、職人が造った道具です、なんのことがございましょう。お内儀様が三味線に触れる時間が長ければ長いほど手に馴染んで、わが道具になりましょう。また音もよくなります」

「ふうっ」

　とおえいが嘆声を洩らした。

「どう音締めしたかさえ忘れた私には勿体《もったい》ない」

　おえいの正直な感想だった。だが、おこんはおえいの目が興奮にきらきらと輝いていることを承知していた。そして、一刻もはやく鶴吉の三味線の、

「音」

を聞きたいと思った。

「養母上、音締めは鶴吉さんにお願いしたらいかがでございますか」

頷いたおえいが紅潮した表情のままに、鶴吉に三味線を戻した。

鶴吉が正座の姿勢で三味線を抱え、右小指で胴皮を締めたり緩《ゆる》めたりしながら響きを調えていく。

その音がおこんの耳にはなんとも心地よかった。

「三味線のよしあしは抱えたとき、それなりに重くて堅いことですよ。そいつがよく鳴る三味線なんで」

と説明しながらも鶴吉は手際よく音締めを続けた。

おこんの耳にも、鶴吉が触るたびに音色がよくなっていくのが分かった。

二

「お内儀様、どうぞ」

鶴吉が三味線を差し出すと、恐る恐るおえいは手に取り、膝《ひざ》に抱き抱えて左手を棹に添え、右手で三弦に触れた。するとかぼそい、はかなげな爪弾《つまび》きの音が佐々木家の居間に洩れた。

鶴吉が懐《ふところ》から袱紗《ふくさ》に包んだ撥《ばち》を出し、

「習い事は端唄《はうた》とお聞きいたしました」

と差し出した。

小唄は三味線を爪弾きながら歌い、端唄は撥を添えて弾く。

鶴吉はおえいが端唄を習ったとだれから聞いたか、象牙《ぞうげ》の撥まで用意していた。

「鶴吉どの、撥まで」

おえいが感激の体で受け取った。

「お内儀様、もそっと大胆に、昔を思い出してお弾きください。鶴吉の三味線は、お内儀様が力を込めて弾かれて壊れるほどやわな造りではございません」

鶴吉が冗談口調でおえいの緊張を解きほぐすと、おえいは頷き、撥を右手に今一度姿勢を正した。

撥が動き、最前より力強い調べが流れておえいの口から、

「梅にも春の色添えて
若水汲みか車井戸
音もせわしき鳥追いや」

と嫋々《じょうじょう》たる声が喉《のど》から流れた。

おこんが初めて聞くおえいの唄だった。

だが、唄は流れても三味線が追いつかなかった。そこへ、佐々木玲圓や依田《よだ》鐘《かね》四郎《しろう》、重富利次郎らがそっと足音を忍ばせて廊下に姿を見せ、座敷の様子を窺《うかが》った。

おえいの唄が止まり、撥の動きが止まった。

「おえい、続けてくれ」

玲圓が願った。

「おまえ様、満座の前でこれ以上恥をかかせるものではございませんよ」

おえいは三味線を畳に置いた。

「養母上、端唄のことはよう存じませぬが、お声がなんとも澄み切って耳に響きます。養母上はこれを機会にお稽古を始められるべきです」

とおこんが感激の面持ちで言い、

「お内儀様、おこん様の言われるとおり、お声に張りがあって遠くまで響きわたるよいお声です。ぜひ再開してくだせえ」

と鶴吉まで勧めた。

「おこんも鶴吉どのも褒《ほ》め上手ですね。声も持ちませぬし、いえ、それ以上に酷《ひど》いのは手が動かないことです」

おえいが恥じ入った表情で言った。

玲圓が座敷に座し、鐘四郎らも廊下になんとなく腰を落ち着けた。

「おえい、そなたが端唄の師匠のもとに通わなくなってどれほどの歳月が流れたな」

おえいの眼差しが庭にさ迷い、白桐の辺りで止まり、

「かれこれ、二十数年にございましょうか」

「それみよ。剣の稽古を一日怠れば取り戻すのに三日はかかる。それをそなたは二十数年怠っておきながら、手が動かぬ、声が途切れるもないものだ。のう、鶴吉」

「大先生は厳しゅうございますな。わっしに言わせれば、二十数年も稽古をなさらないで、ようもあれだけ覚えておられたものですよ。若い頃、体に染み付いた芸事は体が覚えているものでございます。それにお内儀様の声がなんともいい。大先生、これればかりは文句の付けようもございますまい」

「鶴吉、いかにもさようじゃ。それがし、廊下でな、老いた鶯《うぐいす》の声もいいものじ

ゃとな、若き日のおえいの面影に重ねて感激いたしたわ」

「おまえ様」

とおえいが呆《あき》れた。

「養父上《ちちうえ》、近頃、正直にものをおっしゃいますね」

とおこんが感心して、

「大先生はずっと謹厳実直、鐘四郎が、冗談など決して言われぬお方と思うてきたが、どうやら間違うておったようだ」

と呟いた。

「師範、近頃の大先生は冗談を言いながら手直しなさいます。もっとも、面白い冗談とは決して申せませぬ」

と利次郎が言い、玲圓が破顔した。

「大先生は、若先生とおこん様が来られてから変わられたのです」

「いかにもさよう」

と当の玲圓が真面目《まじめ》に応じて、一座にさらに大きな笑いが起こった。

「おえい、最前のままではなにか中途半端な気持ちじゃぞ」

「おまえ様、本日はこれまでですよ」

と言いながら再び三味線に愛おしそうに触り、

「この後は鶴吉どのに締めていただきましょう」

と初弾きを終えた道具と撥を差し出した。

「お内儀様、わっしは職人であって三味線弾きではございませんや。ですが、騒ぎを引き起こした張本人、皆様のお耳を穢しましょうか」

鶴吉が三味線を構えた。すると辺りにぴーんとした気が張りつめた。

「おおっ」

と利次郎が驚きの目をした。

撥を持つ手が柔らかくもしなやかに動き、

「朝日に繋き人影をもしやと思う恋の慾《よく》」

と最前おえいが途中でやめた「梅にも春」の文句を繋《つな》いだ。

こちらはどうしてどうして渋い声で、その場にある人々を一瞬にして魅了した。

「遠音《とおね》神楽や数とりの　待つ辻占《つじうら》や鼠《ねずみ》鳴き
逢《お》うてうれしき酒機嫌《ささきげん》　濃茶ができたらあがりゃんせ」

と撥が止まり、調べが夏の光に溶け込むように消えたとき、余韻に浸る沈黙と静けさがその場に漂った。

「ふうっ」

とおえいが溜息《ためいき》を洩らした。

「おまえ様、これでもえいに稽古をされよと言われますか」

「一芸に秀でた人間は凄いものじゃな。鐘四郎、そうは思わぬか」

玲圓がおえいの問いには答えず鐘四郎に言った。

「大先生、それがし、自他ともに認める朴念仁《ぼくねんじん》にございますが、鶴吉どのの声といい、三味線といい、もはや名人達人の域にございます。それがし、ふらふらと吉原辺りに迷い込んだ気分になりました」

「師範のその気持ち、分からぬではない。じゃが、若い連中には、鶴吉の生き方を映し出した芸は分かるまいな」

「いいえ、大先生、それがし重富利次郎、鶴吉さんの声と調べに陶然として、最前から身震いが止まりませぬ。唄の文句は分からぬのにどうしたことでしょう」

「でぶ軍鶏までが鶴吉の芸の虜《とりこ》になりおったわ」

と笑った玲圓が、

「おえいの端唄は楽しみじゃぞ。鶴吉のそれとはおのずと違うわ」

「それはそうでございますが」

おえいはまだ迷っていた。鶴吉の芸の奥深さを知らされた今、新たな恐れを抱いていた。

「養母上、私も手習いいたします。ご一緒に、一からどこぞのお師匠様に教えを乞《こ》いましょう」

とおこんが決然と言い、

「そなたまで言いますか」

「女は度胸と申します」

「そのような言葉、初めて聞きました。おこんが一緒というなら、この歳《とし》で錆落《さび》としを始めますか」

おえいがようやく承知した。

「お内儀様、おこん様、わっしはすでに師匠を見つけてございます。この次にこちらにお邪魔するときにお連れしますよ」

と鶴吉が早手回しを披露《ひろう》して、

「私の抗いなど最初から無駄にございましたな」

とおえいが苦笑いした。

「注文がござる」

と言い出したのは廊下にいた利次郎だ。鶴吉がそちらを見た。

「鶴吉さん、できれば見目麗《みめうるわ》しい娘のお師匠様を願います。なにしろ尚武館ときたら、それがしを除いてむくつけき男ばかりにございます。花が一輪あるとなしとでは、門弟一同励みが違います」

どーん
と隣に座す鐘四郎が利次郎の背中を平手で叩《たた》き、利次郎が思わず前につんのめった。

「そなた、なにを勘違いしておる。そのような了見ゆえ曽我慶一郎に引けを取ったのだぞ」

と怒鳴られて体を起こした利次郎が、

「師範、そう言われますが、武道の稽古も芸を磨くためなれば、快き三味線の音を耳にするのも心の余裕にございます」

と恨《うら》めしそうに言ったものだ。

「そなた、剣術向上の一助に娘師匠を望むと申すか」

「いかにもさようです」

利次郎が胸を張ると、

「母御と神田明神下の茶店で甘味でも食ろうておれ」

「師範、またそれを」

なにしろ利次郎は過日、甘味屋で母親と一緒に食べているところを鐘四郎に見られていた。

「お内儀様とおこん様の師匠、わっしにお任せ願えますか」

と鶴吉が二人に念を押し、おえいとおこんが顔を見合わせて頷き合い、

「お願い申します」

と頭を下げた。

「若い門弟衆のお気に入るかどうか自信はございませんが、端唄と三味の教え上手のお方です」

と請《う》け合った鶴吉が、

「若先生は本日、お留守でございますか」

とおこんに訊いた。

「ただ今、羽州《うしゆう》街道を旅しておいでです」

とおこんが白桐の庭を見て、

「出羽《でわ》山形に参られたのです」

と答え、慌《あわ》ただしく旅立った日のことを思い浮かべた。

十日あまり前、磐音は吉原会所の四郎兵衛から使いを貰《もら》った。磐音はその日の朝稽古《あさげいこ》を終えてすぐに吉原に向かった。

磐音は、吉原の自治と治安を仕切る四郎兵衛とは、深川元町の裏長屋に住む弓七《きゅうしち》の女房おしずが吉原に身を投じた出来事を通じて知り合い、さらに磐音の許婚《いいなずけ》であった小林奈緒《こばやしなお》が吉原に身売りし、白鶴《はっかく》太夫として全盛を極めた後、山形の紅花《べにばな》商人前田屋内蔵助《まえだやくらのすけ》に落籍された騒ぎに絡《から》んでも一緒に働いて、互いの信頼を深めていた。

磐音から使いのことを聞いたおこんは、

(山形に行った奈緒様の身になにか異変が生じた)

と直感した。

磐音が尚武館に戻ってきたのは夕餉《ゆうげ》の刻限だった。その夕べ、磐音が願って母屋にて一家四人で膳《ぜん》を囲んだ。

「吉原から使いを貰うたそうじゃな」

と玲圓がまずその話を切り出した。

「養父上にも養母上にもおこんにも、聞いていただきとうございます」

「やはり奈緒様の身になにかがございましたか」

おこんが訊いた。

「おこん、いかにもさようであった」

「奈緒様はてっきりお幸せにおなりになっているものと思うておりました」

おこんの言葉に首肯《しゅこう》した磐音が、

「奈緒どのは吉原から紅花大尽《だいじん》の前田屋内蔵助どのに落籍されて、出羽山形城下に旅立っていかれました。奈緒どのは、内蔵助どののお人柄を十分に承知したうえで身請け話を承諾なされたのです。おこんが申すように二人は相思相愛、必ずや落ち着いた所帯をお築きかと考えておりました。そこへ四郎兵衛どのからの使いにて、案じながら吉原の大門《おおもん》を潜《くぐ》りました」


大門の向こう、仲之町筋に青梅の香りが漂っていた。毎年五月の中頃、吉原の女たちが総出で甘露《かんろ》梅《ばい》と称する梅漬けをして、その翌々年の正月に馴染み客のお年玉の進物に使った。その作業場から漂う梅の香りだ。

大門の右内側にある会所の腰高障子《こしだかしょうじ》が開かれていた。

磐音は塗笠《ぬりがさ》の紐《ひも》を解きながら、光に閉じていた眼を日陰の土間に慣らして敷居を跨《また》いだ。

「佐々木様、お久しゅうございます」

と会所の名入りの夏半纏《なつばんてん》を粋《いき》に着こなした若い衆が磐音を迎えた。幾度か一緒に騒動始末に働き、磐音の顔は会所に知れていた。すぐに四郎兵衛が待つ座敷に通された。小体《こてい》ながら綺麗《きれい》に手が入った坪庭に面した座敷で、磐音と四郎兵衛は久闊《きゅうかつ》を叙した。

「佐々木様、お呼び立てして真《まこと》に相すみませぬ。私の方から出向けばよいのだが、佐々木家のことを考えるとつい迷ってしまいました」

「山形に参られた奈緒どののことですね」

「佐々木様、そのことです」

「奈緒どのの身になにがあったのですか」

「紅花大尽の前田屋が、どうやら身代ごと乗っ取られそうな騒ぎが山形で起こっているようなのです。前田屋の久右衛門《きゅうえもん》という番頭が江戸に出向いて評定所に訴状を出したあと、番頭ひとりの考えで会所に参り、事情をざっと話していったのでございます。それによると、前田屋乗っ取りにはどうやら山形藩が関《かか》わっているようで、それが江戸で訴えを出された背景のようでございます。番頭は、内蔵助様と奈緒様から、決して江戸の方に頼ってはならぬ、話してもならぬと厳しく口止めされてきたのです。この番頭、内蔵助様が白鶴太夫を身請けした折り、同道していた人物にございましてな、会所のことも坂崎《さかざき》磐音様に世話になったことも承知しておったのです。それで独断でうちに参り、せめて奈緒様の身だけでも騒ぎから遠ざけたいと洩らしていったのです。佐々木様、番頭も内蔵助様に釘《くぎ》を刺されてきた手前、詳しい事情は話しませんでした。ですが、番頭の顔には佐々木様のお力をもう一度借りられないかと必死の思いが浮かんでおりました」

「奈緒どのの身にもなにか起こりそうなのでございますか」

「奈緒様は再び苦界に落ちかねないと番頭は案じておりましたが、私はそうは思いませぬ」

磐音が四郎兵衛の顔を見た。

「吉原で松の位の太夫を張った女の矜持《きょうじ》を、番頭は承知しておりませぬ。山形の秋元《あきもと》様は譜代《ふだい》とは申せ、高々六万石の城下の悪所《あくしょ》で、吉原の花魁《おいらん》が我慢できるものですか。もしそのようなことが奈緒様の身に起きるようならば、奈緒様は自裁なされましょうな」

と四郎兵衛が言い切った。

「佐々木様が多忙な身ということは重々承知でございます。佐々木様が行く行かないに拘らず、会所では若い衆を山形に向かわせます」

と磐音の顔を見た。

「そなた、返答して参ったか」

「いえ」

「なにゆえ迷うたか、正直に申せ」

「一に道場のことを考えました。二に西の丸様のお身を案じましてございます」

磐音は養父の厳しい問いに答えたが、一つだけおこんの心情を慮《おもんぱか》ったことは告げなかった。

「尚武館の運営はわしがおる、案ずるな。西の丸様のことがわれら一番の懸念じゃが、田沼様も早々には動かれまい」

磐音がおこんを見た。

「磐音様、行っておあげくださいまし。奈緒様にはどれほど心強いことにございましょう」

おこんが即座に言い切り、磐音の視線が玲圓に戻った。

「おこんの許しも出た。すぐに発《た》て」

「畏《かしこ》まりました」

「だが、その前にすべきことがある」

「なんでございましょう」

「山形藩が絡んでおることならば、この一件、速水《はやみ》様に話しておくことが肝要やもしれぬ。表猿楽町《おもてさるがくちょう》に参って願え」

「はい」

「よいか。今宵《こよい》はどのように遅くなろうともおこんのもとへ一旦戻り、おこんのもとから旅立つのじゃ」

磐音は頷くと夕餉を早々に終え、速水邸に向かった。

磐音は道々今戸《いまど》永助《ながすけ》のことを考えていた。

今戸は尚武館の高弟の一人で、出羽山形藩から尚武館に剣の修行に来ていたが、昨年、山形藩の大坂屋敷に勤番を命じられて江戸を離れていた。

(今戸永助がいれば互いに助け合うことがあったろうに)

磐音は今戸のことをこの際忘れることにした。

約定《やくじょう》どおりに深夜に戻ってきた磐音は、おこんが整えていた旅仕度に視線を落として言った。

「おこん、すまぬ」

「私どもは夫婦《めおと》です。詫びの言葉など要《い》りません」

と言い切ったのだ。

あの夜から十日が過ぎていた。

「御用旅にございましたか。それはおこん様、お寂《さび》しゅうございますな。ですが、ちょうどいいや、寂しさを紛らすためにも三味線を習って、江戸に戻られた若先生をびっくりさせてくだせえ」

と笑った鶴吉が、明日にも師匠を伴ってくると言い添えた。

三

江戸日本橋から陸奥《むつ》青森へは、南北に総延長百八十五余里（およそ七百五十キロ）、日本一長い奥州《おうしゅう》道中が走っていた。下野《しもつけ》宇都宮城下まで日光道中と重なり、その先の白沢《しらさわ》宿から白河《しらかわ》までが幕府道中奉行の監督支配下、さらにその先は各大名家が管轄した。

東山道《とうさんどう》として古くから知られていたが、宿場も伝馬《てんま》宿も道幅も整備されていたわけではない。

　奥羽仕置のために豊臣秀吉が会津《あいづ》に下向した折り、道幅三間に整備され、奥羽鎮護の大名が各所に配され、伝馬宿もできた。

　佐々木磐音と、吉原会所の若い衆の園八《そのはち》と千次《せんじ》の三人は、江戸からおよそ七十三里を十日余りで踏破し、昼下がりの澄み切った空に、福島城下を背景に信夫山《しのぶやま》を正面に仰いでいた。

　半夏《はんげ》の季節、山並みの頂きには薄く雪が残り、山麓では桃の花は散り終わっていたが、その幹元には黄色い蒲公英《たんぽぽ》の花々が咲いて旅人の疲れを癒《いや》してくれた。

「千次どの、足はどうじゃ」

　磐音は、この道中で若い千次の足の具合に初めて触れた。

　吉原会所の四郎兵衛が磐音と同道を命じたのは、老練な園八と十九歳の千次だった。園八はさすがに旅慣れていたが、長道中が初めての千次は宇都宮宿辺りに差しかかった頃、肉刺《まめ》を潰《つぶ》して足を引きずるようになっていた。そのため三人の足の運びは自然と遅くなった。

　千次は、四郎兵衛から初めて命じられた御用旅でしくじるわけにはいかなかった。旅籠《はたご》に入ると控え部屋で肉刺の治療をして、磐音にも園八にも気付かれないようにしていた。むろん二人はそのことを承知していた。

旅も奉公もいろいろと経験して一人前になっていくのだ。

千次の兄貴分の園八が知らない振りを通して見守っているのに、磐音があれこれと口出しするのはお節介というものだ。

「若先生と園八兄い、旅の足を引っ張り、真に申し訳ございませんでした。皮が剝《む》けた肉刺は固まりましたので、もう大丈夫にございます」

その返答を聞いた園八が、

「佐々木様、ご予定より一日二日の遅れにございますか」

と磐音に話しかけた。

浅黒く精悍《せいかん》な顔に汗がうっすら光っていた。

「いや、道中大過なく福島城下まで辿《たど》り着くことができたのじゃ。なかなかの道中にござる」

磐音一人ならば一日十里は難なくこなせた。だが、仲間連れの道中は慣れない人間の足を基本にする、これが鉄則だった。

「わっしは奥州道中を青森まで往来したことがございますが、この先羽州街道に足を踏み入れるのは初めてのことにございますよ」

「園八どの、それがし、西国豊後《ぶんご》の出ゆえ、奥州道中も初めてでな。道中の景色のすべてが珍しゅうござった」

と答えた磐音だが、

（奈緒の身を案ずる旅でなければどれほど楽しかろう）

と思ったものだ。

岩谷《いわや》観音が刻まれているという信夫山に一瞥《いちべつ》をくれた磐音は千次の様子を確かめ、

「参ろうか」

「へえ」

と園八が応じて、千次が路傍に下ろしていた荷を負った。

磐音らは草鞋《わらじ》と塗笠の紐を締め直して最後の行程を歩み出した。江戸からと同じく、園八が磐音と肩を並べ、二人の後を荷物持ちの千次が従った。

「園八どのは福島城下に泊まられたことがあるのじゃな」

「へえ、十年以上も昔のことでございますが、城下の文屋《ふみや》五兵衛《ごへえ》という名の旅籠に泊まりました。今晩もそちらでようございますか」

「園八どのは旅慣れておられる。宿も飯屋もこれまで一度として外れてはおらぬ」

「佐々木様にはお嫌いなものはございませんので。食べるものどれもが美味《おい》しい美味しいと召し上がられる。吉原育ちは奢《おご》り飯に慣れて、妙に舌だけが口煩《くちうるさ》い。つい文句の一つもつけようと思うが、佐々木様が実に旨そうに食べられると、こちらの文句も出にくくなります」

「武家方は粗食に慣れておるでな」

と笑った磐音が、

「園八どの、青森には御用旅で参られたか」

「へえ。陸奥青森に落籍された花魁が、亭主に斬《き》り殺される出来事がございましてね。昔の抱え主に頼まれて始末を付けに参りましたんで」

「それはご苦労にござった。それにしても、好きで身請けした女房を、亭主はなにゆえ斬り殺したのだな」

「へえ、明和《めいわ》何年でしたか、陸奥一円を大寒波が襲いましてね、春になっても雪が残って田畑が耕せない大飢饉《だいききん》に見舞われたんでございますよ。花魁を身請けした亭主の家は土地の庄屋を務めるほどの大百姓でしたが、足掻《あが》きがとれなくなり、恋女房をまた苦界に沈めるような羽目に追い込まれたんで。そこで女房を殺して自分も命を断とうとしたんだが、死に切れなかった。よくある話でございますよ」

よくある話かと、磐音は奈緒がただ今陥っている状況に重ねて思った。

(奈緒、死んではならぬぞ)

磐音は祈るように自分の胸の中に呟いた。すると、
ふわっ
と幼き日の小林奈緒の泣き顔が浮かんだ。

豊後関前《せきまえ》城下、坂崎家の屋敷には地下水が湧《わ》き、広さ五十坪ほどの瓢箪《ひょうたん》池があって、括《くび》れた部分に石橋が架《か》かっていた。

泉水には鯉《こい》が飼われ、夏になると菖蒲《あやめ》の花が咲いた。

その夏の昼下がり、爽《さわ》やかに澄み切った光が紫の花に落ちていた。

奈緒は石橋の上に腹這《はらば》いになって菖蒲の花を摑《つか》もうとしていた。

あのとき、奈緒はいくつだったのか。

四つか、五つ。そんな年齢だったのだろう。兄の琴平《きんぺい》と姉の舞《まい》に従って坂崎家

に遊びに来ていたのだ。

肥後《ひご》菖蒲の花の苗を移植して池に植えさせたのは、磐音の祖父の帯刀《たてわき》だ。花弁の襞《ひだ》が多くて色が濃く鮮やかな坂崎家の菖蒲は、

「関前菖蒲」

と呼ばれて、季節になると見物の人が大勢詰めかけた。だが、その昼下がりは子供だけだった。

磐音はちらりと奈緒の様子を見た。

奈緒は花菖蒲を摑もうとしていたのではなく、水面に遊ぶ水馬《あめんぼう》を捕まえようとしていたのだ。

磐音は、琴平や河出《かわで》慎之輔《しんのすけ》らと話に夢中になりながら目の端に留めていた。

「よいか、磐音。おれがそなたらより先に中戸《なかと》道場に入門するからな。そなたや慎之輔に一歩先んじて藩内屈指の剣術家になるぞ」

と琴平が宣言したとき、磐音は水音を聞いた。

石橋から奈緒が泉水に落ちたのだ。

磐音は反射的に縁側から飛び降りると、泉水の中に飛び込んで水中に沈みかけた奈緒の体を抱きとめた。

奈緒は水を飲んだか、磬音に抱かれて、

「げほげほ」

と水を吐き出すと、

「わあっ」

と泣き出した。

「奈緒、武家の娘がこのくらいのことで泣くでない。もう案ずることはないぞ、磬音がちゃんと抱きとめておるからな」

磬音は腰まで泉水の水に浸《つ》かりながら、両腕に抱いた奈緒を宥《なだ》めた。すると奈緒はいよいよ激しく泣いた。

琴平と舞、それに慎之輔らが縁側から走ってきた。

「奈緒、大事ないか」

琴平の顔は真っ青だ。兄として注意を怠り、末の妹を池に落としてしまったのだ。

「琴平、大丈夫だ。それより母上を呼んでくれ」

と磬音が言ったとき、縁側に磬音の母の照埜《てるの》が姿を見せて、その様子を一目見るや、

「おやおや、奈緒様が菖蒲を手折《たお》られようとして泉水に落ちましたか」

とのんびりとした声を上げた。

「母上、奈緒は水馬を捕まえようとしたのです」

「奈緒様は、うちの関前菖蒲より水馬に関心がおありか」

と笑った照埜が奥に向かって、

「たれぞ手拭《てぬぐ》いと着替えを持ちやれ」

と叫ぶと庭下駄を突っかけ、石橋に下りてきた。

「磐音どの、よう気がつきましたな」

と褒めた。

「いえ、つい話に夢中になり、幼い奈緒のことを忘れておりました」

と詫びた。そんな会話もものかは、奈緒は磐音の腕の中で泣きじゃくっていた。


福島は古《いにしえ》より絹の里として奥州路に知られていた。平泉《ひらいずみ》文化を華開かせた藤原氏も京への貢物としてこの地の絹を贈ったという。

福島の絹は一旦寂《さび》れたが、江戸期に入って再び、その上質の生糸、絹織物の集散地として栄え、潤ってきたのだ。

福島藩は延宝《えんぽう》七年（一六七九）六月、大和郡山《やまとこおりやま》から譜代大名の本多忠国が入封したことに始まる。さらに堀田家、板倉家と藩主が交替し、磐音らが城下の札の辻《つじ》近くの文屋五兵衛方に到着したとき、板倉家八代内膳正勝長《ないぜんのかみかつなが》の治世下を迎えていた。石高《こくだか》は三万石、飢饉続きの昨今、福島藩の経営も決して楽ではなかった。そんな様子が城下に見てとれた。

磐音は道中嚢《どうちゅうのう》を肩から下ろし、道中羽織を脱いで、塗笠と一緒に文屋五兵衛方の上がりかまちに置いた。そこへ女衆《おんなし》が桶《おけ》にすすぎ水を運んできた。

「園八どの、千次どの、先に部屋に上がり休んでいてくれぬか。それがし、飛脚問屋島屋に顔出しして参るでな」

と断り、その足で通りに戻ろうとした。すると番頭が、

「島屋さんに参られますか。札の辻を右手に曲がったところにございますで、すぐにお分かりになりましょう」

と玄関前まで出て教えてくれた。

若い藩主の勝長の城下を昔と同じく絹取引が潤しているようで、江戸の京屋、近江八幡《おうみはちまん》の千切屋の出店もあった。この地で集められた糸は京に送られて西陣織の原糸となるのだ。だが、なんとなく活況に乏しい感じも見受けられた。

磐音は江戸を発つ前夜、養父玲圓の忠告に従い、十代将軍家治の御側衆《おそばしゅう》、御側《おそば》御用取次《ごようとりつぎ》の要職にある速水左近《さこん》を訪ねた。速水は猟官《りょうかん》を求めて門前に乗り物を連ねる大名、大身《たいしん》旗本らのだれ一人として面会を許すことがなく、持参した手土産《てみやげ》はすべてその場で突き返した。

玲圓と磐音父子は、これまでも速水邸への訪問をできるだけ控えてきた。栄達を求めて速水との交際をしているわけではなかったからだ。

速水左近が佐々木玲圓の人柄と剣技に惚《ほ》れて剣友の交わりが始まり、おこんを養女に迎えて佐々木家に送り出した経緯《いきさつ》もあって、佐々木と速水の両家は今や親類の付き合いをしていた。

そして、二家をさらに親しくさせている要因が、十一代将軍と目される家基の存在だった。聡明にして英邁《えいまい》の誉れ高い若者が将軍位に就くとき、屋台骨が緩んだ幕藩体制が刷新される、と速水左近も佐々木父子も真剣に考えていた。

その家基の十一代将軍就位に反対の意を密《ひそ》かに唱え、再三刺客を送り込んで亡き者にしようと企てているのが、老中田沼意次《おきつぐ》であった。

速水左近も佐々木父子も、家基の身を護《まも》るために必死の戦いを繰り返していた。それだけに、磐音が突然屋敷を訪問したことを異に思うふうもなく、速水はすぐに面会を許した。

「夜分に参上し、真に申し訳なく存じます」

「磐音どの、西の丸様のことか」

と速水は一番の懸念を尋ねた。

「いえ、そうではございませぬ。私用にございますれば、速水様のお耳を煩わす上にご不快を招くと考えましたが、養父の忠言もあり、かような刻限も顧みず伺いました」

「玲圓どのがな」

と珍しいことがあるものよという表情を作り、

「話されよ」

と磐音に命じた。

磐音は吉原会所の四郎兵衛から聞き知った事実を述べた。

「ほう、山形城下の前田屋内蔵助にそのような奇禍《きか》が降りかかっておったか」

速水は、紅花大尽の前田屋のことを承知の様子で呟いた。

「磐音どの、内蔵助の女房は吉原の白鶴太夫であったな」

「はい」

「以前はそなたの許婚であった」

「いかにも」

奈緒のことを告げようとする磐音を速水は制して、

「磐音どのと奈緒どのを襲うた悲劇の一部始終と経緯は、それがしもいささか承知である。説明の要はない。磐音どの、奈緒どのを助けに行かれるか」

「それがしが役に立つことならば」

と答えた磐音は、

「奈緒どのは、亡き友小林琴平の妹にございます」

と付け加えた。

「小林琴平を上意討ちしたはそなた」

「はっ」

「そなたらしい決断かな」

と感想を洩らした速水が、

「わが娘はそなたの決断を聞いてなにか言うたか」

とおこんの気持ちを案じた。

「それがしに山形行きを勧めたはおこんにございます」

「おこんらしいのう」

　と呟いた速水が、

「玲圓どのも、山形藩内の内紛をいささか承知かもしれぬな」

　と磐音が全く関知せぬ話を洩らし、

「山形藩は、外様《とざま》最上家、譜代鳥居家、親藩保科《ほしな》家、親藩結城《ゆうき》松平家、親藩奥平松平家、譜代奥平家、譜代堀田家、譜代大給《おぎゅう》松平家と目まぐるしいばかりに藩主が交替し、明和元年（一七六四）から三年ほど幕府直轄領になった。そして、今は譜代の秋元家二代の但馬守永朝《たじまのかみつねとも》どのが藩主の座にある。永朝どのは奏者番《そうじゃばん》をお勤めゆえ、それがしもよう存じておる。玲圓どのがそれがしと会えと言われたは、そのことがあったからであろう」

「はっ」

「秋元家先代涼朝《すけとも》様は西の丸老中、老中と要職を歴任なされたが、豪儀なご気性で、まだ御側衆であった田沼意次様が老中涼朝様と城中御廊下で会釈《えしゃく》もなしにすれ違われた際、老中をないがしろにいたすかと怒声を発して糺《ただ》されたほどの人物でな」

「そのようなことが」

「あった。それが秋元家に災いをなした。川越藩から遠く山形へと転封を命じられたは、田沼様の意趣返しであったからな。それに比べて当代の永朝どのは、ちと器が小さいかのう」

と言うとしばし沈思した。

磐音は待った。一旦口にした以上速水左近の判断に委ねる所存だった。

「磐音どの、明朝、予定どおり発たれよ」

「畏まりました」

「それがし、いささか調べた上、福島城下飛脚問屋島屋に書状を送る。なんの手助けができるか分からぬが、ちと気になることがないでもない。そなたならば適《てき》宜《ぎ》始末を付けてくれよう」

「夜分お心を煩わせ、申し訳なく存じます」

と磐音が辞去の挨拶をした。すると、

「磐音どのの江戸不在はできるだけ短いほうがよろしい。かような時期ゆえな」

と速水は家基の身を案ずる言葉を吐いた。

「それがしも懸念しております。ただ、なんぞあれば養父が陣頭に立つと申しておりますゆえ、まず遺漏なきかと」

「うーむ」

と応じた速水左近が、

「壱岐守《いきのかみ》涼朝様は、明和二年（一七六五）の暮れから四年の六月まで西の丸老中を務められた折り、家基様の幼き日に接しておられる」

「涼朝様、ご存命にございますか」

思いがけない速水の言葉に問い返した。

「いや、三年前に身罷《みまか》られた。だが、涼朝様に随身《ずいじん》した家来衆は山形にもおられよう。そなたの山形行が家基様御用になんぞ役に立つかどうか」

と速水が呟いた。


飛脚問屋島屋を訪ねると、磐音が考えていた以上に大きな店で、問屋場《といやば》の隣に店を構えていた。ちょうど定《じょう》飛脚が到着したところで、胴乱《どうらん》の受け渡しが行われようとしていた。

「番頭どの、それがし宛てに書状が届いておらぬか」

「そなた様は」

「佐々木磐音と申す」

ごくり、と帳場格子《ごうし》の番頭が唾を飲み込んだ様子で、

「どなた様からの書状かお訊きしてようございますか」

「幕府御側御用取次速水左近様からじゃ」

「ございます」

と番頭が革籠《かわご》を手に帳場格子を出てきた。革籠は御状箱とも呼ばれ、幕府の御用物が送られた。

「番頭どの、返書を認《したた》めるやもしれぬ。座敷を暫時《ざんじ》貸してはくれぬか」

「ささっ、こちらへ」

と番頭が磬音を奥へ招こうとしたとき、騒ぎが始まった。

四

定飛脚が胴乱を受け取り、次なる宿場に向かおうとするのを、数人の浪人が取り囲んで、書状や為替《かわせ》が入った胴乱を奪おうとした。

「なにをするだ」

と定飛脚が叫んで胴乱を抱え込んだ。それを突き飛ばしておいて、抜いた大刀

の切っ先で胴乱の帯を切ろうとした。

「なにをなさいます」

磐音の応対をしていた番頭が革籠を持ったまま、裸足《はだし》で板の間から土間に飛び降りた。

「それがしにお任せを、番頭どの」

と制した磐音は、

「お待ちあれ」

と定飛脚を囲んだ三人の不逞《ふてい》の浪人を咎《とが》めた。頭分《かしら》か、一人だけ羽織を着た浪人が、きいっと尖《とが》った視線を向けた。

「邪魔立ていたすと斬る」

磐音に向かって身構えると、右手を刀の柄《つか》にかけた。腰が据わった構えで、数多の修羅場《しゅらば》を潜って身過ぎ世過ぎを立ててきたことを示していた。

「町中でいささか乱暴にすぎますね」

磐音の声はあくまで長閑《のどか》に辺りに響いた。

往来の人々が、突然始まった騒ぎに一瞬凍り付いたように動きを止めていたが、新たな展開に見物に回る様子を見せた。

磐音の口調が緊迫したその場を和らげていた。

羽織の剣客は身丈五尺八寸余、胸厚く鍛え上げられた体付きで、すいっと腰を沈めた。

居合い術を遣うのか、鯉口《こいぐち》を切ったが刀は未だ鞘《さや》の中だ。

磐音はそれを見て、

「お相手仕《つかまつ》る」

と愛刀備前包平《びぜんかねひら》刃渡り二尺七寸（八十二センチ）を抜くと、定飛脚から胴乱を奪おうとしていた仲間二人を大帽子《きっさき》で牽制《けんせい》した。そして、ゆっくりと正眼《せいがん》に置いた。

磐音の登場で、飛脚はすでに島屋の店の中へと駆け込んでいた。

磐音に向かって相手がじりじりと間合いを詰めてきた。すでに一間を切り、互いが踏み込めば戦いの間合いに入る。そこで相手は呼吸を鎮めるように動きを止めた。

「石動《いするぎ》、助勢せえ」

と仲間に命じた相手は、磐音の腕を見抜いていた。それだけに相手もまた剣の遣い手ということが知れた。

「心得た」

即座に長身の浪人が、すでに抜いていた剣を右肩の前に立てながら磐音の左手に位置を取った。

その動きを見ながら磐音はひっそりと立っていた。

「春先の縁側で日向《ひなた》ぼっこをしている年寄り猫のよう」

と評される磐音独創の構えで、戦いの場にあって孤高にも超越していた。

「おのれ」

と羽織の剣客が呟いた。それが合図か、長身の浪人が立てた剣を振り下ろしつつ踏み込んできた。

見物の輪から悲鳴が上がった。

正眼の包平が半夏の夕暮れの光を受けて黄金色に煌《きら》めき、襲撃者の体ごと弾《はじ》いてよろめかしていた。その動きを待っていたように羽織の剣客が、

すいっ

と踏み込みざま、腰間から刃《やいば》を疾《はし》らせた。

一見長閑な動きと見えた磐音が豹変《ひょうへん》したのはこの瞬間だ。石動と呼ばれた仲間の間合いを外すと、脇構《わきがま》えに移していた包平を車輪に回しながら相手の抜刀術に

応じた。

刃と刃が互いの胴に迫った。

だが、磐音の包平の迅速は相手の居合いの技を凌駕《りようが》して脇腹を斬り上げると、横手に飛ばしていた。

「あっ！」

仲間の悲鳴が上がり、二人が顔を見合わせ、逃げる様子を見せた。

「逃げてはならぬ」

磐音の凜《りん》とした声が相手の逃走を封じた。そこへ福島藩町奉行支配下の役人が駆け付けてきて、騒ぎを見物していた群衆が二つに割れた。

「刀をお捨てなされ」

磐音の声はあくまで平静だ。手練《てだ》れの早技を見せられたばかりの二人の浪人が剣を捨てた。

「よろしい」

磐音も包平の血振りをして鞘に納めようとした。すると駆け付けた役人の一人が、

「そのほうも刀を捨てよ」

と両の眦《まなじり》を決して命じた。

「森田《もりた》様、それはなりませぬ。三人組の賊を取り押さえていただいたお方です」

と裸足で店前に飛び出してきた番頭が説明し、

「なにっ、喧嘩《けんか》ではないのか」

と顔馴染《かおなじ》みの番頭に尋ねた。

「いえ、この三人組は定飛脚の胴乱を奪い取ろうとして、このお方が懲らしめてくださったんですよ」

そうか、と得心した様子の役人に会釈を返した磐音は包平を鞘に納め、

「お役人、手数をかけるが、その者、お医師のもとに運んではくれぬか。命に別状はない」

と願った。

「ふーむ」

と応じた森田がようやく辺りを見回した。すでに刀を捨てた浪人二人は町役人から捕り縄を掛けられようとしていた。

「貴殿、旅の者か。いずれの家中か、姓名の儀はいかに」

と磐音に関心を示したように矢継ぎ早に尋ねた。すると番頭が森田の耳に何事

か囁《ささや》いた。

「うむ、貴殿は幕府御用の道中か」

「江戸は神保小路、直心影流尚武館道場の佐々木磐音にござる」

「なにっ、剣道場の主が幕府の御用か」

「いささか仔細《しさい》がございまして」

と磐音は曖昧《あいまい》に応じると、

「ささ、怪我人《けがにん》を医師のもとへ」

と促した。磐音の言葉に戸板が用意され、脇腹を斬られた剣客が載せられて運ばれていった。

「番頭どの、店前を騒がしたな」

「いえ、助かりましてございます。定飛脚の胴乱には為替や商いの書状が入っておりますので、金子《きんす》を奪い取られるより厄介《やっかい》なことが生じます。それをお救いいただきまして助かりました」

と何度も礼を述べた。

「飛脚どのに怪我はないか」

磐音の声に、島屋の土間に逃げていた定飛脚が、

「旦那《だんな》、助かった」

と磐音に向かって両手を合わせた。

「それがし、仏になった覚えはござらぬ。大きな怪我がなくてなによりでござった」

この騒ぎでどうやら定飛脚が交代するらしく、その手配を番頭がてきぱきと指図すると、

「ささっ、佐々木様、奥へどうぞ」

と磐音を店の裏手の座敷へ案内した。

磐音はその座敷で速水左近からの書状を読んだ。

速水の書状には、山形城下の紅花商人前田屋内蔵助方に山形藩勘定物産方紅花奉行の手が入ったことは確かだが、その詳細は江戸では掴み切れずとあった。さらに山形藩秋元家の元年寄久保村光右衛門実親《くぼむらこうえもんさねちか》に添え状を書いておいたゆえ密かに会うようにと、懇切な指示が付記されてあった。

磐音は多忙な速水左近が道中先にまで書状を寄越したことに改めて感謝の思いを強くした。そして、島屋の帳場から筆記用具を借り受けて即刻速水左近に宛て礼状を認めた。次いで養父玲圓にも福島城下に無事到着した文を書いた。宛名こ

そ記さなかったが、おこんにもおえいにも道中の様子は伝わるものと安心した。

二通の書状の封をしたとき、番頭が姿を見せた。

「番頭どの、造作をかけた。お蔭《かげ》で江戸に返信を書くことができ申した。恐れながら、この書状を江戸に送る手配をしてもらえぬか」

「明日にも継飛脚に託しますので、二、三日内には江戸に届きますよ」

と請け合ってくれた。

「佐々木様、名乗るのが遅れましたが、私、当家の番頭梅蔵《うめぞう》にございます。胴乱を奪われるとうちの信用が大きく失墜したことは確かです。本当に助かりました」

と改めて挨拶し、

「主の佐古七《さこしち》が、佐々木様にお礼言上に罷り越したいと願っております。ご面会のほどお頼み申します」

「番頭どの、それがし、御用旅の道中にござる。また旅籠に連れを待たしておるゆえ、これにてお暇《いとま》しとうござる」

と飛脚代を支払おうとしたが、番頭は、

「あれだけの働きをなされたお方からお代など受け取れません。それよりなにより、佐々木様の書状は御状箱での江戸送りになりますので、そのような心配はご無用です」

と梅蔵が公用便に託するといい、代金を受け取ろうとはしなかった。そして、話題を変えた。

「佐々木様、御用旅と言われましたが、どちらに行かれますので」

「山形城下にちと知り合いがござってな」

「山形ですと。商人衆《あきんど》ですか、武家方ですか」

「紅花商人の前田屋内蔵助どの方に参る」

「佐々木様、前田屋の近況をご存じでございますので」

「そのことを案じて参った」

「前田屋にはお取り潰しの沙汰《さた》があったとか、山形の紅花商人は戦々恐々としているという話です」

「すでにお取り潰しの沙汰が出たか」

と磐音は嘆息した。

「なんぞ手助けができればと思うて江戸を発ってきたが、藩の沙汰が出たとあれば難しかろう」

「佐々木様、佐古七に会ってくだされ。うちは前田屋さんとは先代以来の古い付き合いにございましてな、佐古七も前田屋さんのことは憂慮しております」

「こちら、前田屋とお付き合いがございましたか」

思わぬ展開に磐音は改めて梅蔵に願い、島屋の主に会うことにした。そして、その前に少し帰りが遅れる旨、島屋から旅籠に使いを出してもらった。


その夜、磐音が旅籠に戻ったのは四つ（午後十時）の刻限だった。夕餉は酒を頂戴しながら島屋の奥で馳走《ちそう》になった。

旅籠では園八と千次が眠りもせずに磐音の帰りを待っていた。

「遅くなって相すまぬ。休んでくれればよかったものを」

と言う磐音に、

「佐々木様、お手柄でございましたね」

と園八が笑った。

「騒ぎを承知か」

「すでに城下じゅうの噂になっておりますよ。それにしても島屋ほどの大きな飛脚問屋の店頭で胴乱を奪おうなんて、無茶もいいとこだ」

「それがしには胴乱を奪ってなんの利益があるのか分からぬ」

「佐々木様、世の中、黄金色の小判だけが銭じゃございませんので。胴乱の中に三百両の額の為替が入っていれば、それはもう三百両の価値がございますので」

「そのような理屈は頭では分かっていても、なかなかぴんとこぬ」

「おそらく浪人風情《ふぜい》の考えることっちゃありません。三人の背後にはだれか知恵者が控えておりますよ」

と園八が言い切った。

「島屋さんでは佐々木様のお手柄に大いに感謝されたでしょう」

「島屋は前田屋と深い付き合いがあるというので、あちらの事情を聞いておった」

「おお、それは幸先がようございましたね」

「島屋でも、なぜ堅い商いの前田屋が藩の怒りに触れてお取り潰しに遭《あ》うなど厳しい沙汰が下ったか、さっぱり分からぬと頭を捻《ひね》るばかりで、正直、そうそう役に立つ話は聞けなかった。ただ、山形藩勘定物産方紅花奉行の播磨屋《はりまや》三九郎《さんくろう》なるお方が、こたびの騒ぎの仕掛け人ということが分かった」

「播磨屋三九郎様ですか」

「山形藩も決して内所《ないしょ》が豊かではないそうな。なんとか藩財政を保っていられるのは紅花と青苧《あおそ》のお蔭。藩ではこれらの物産を専売制にして、勘定物産方の支配下に置こうと企て、このところ前田屋内蔵助どの方、紅花商人と対立していたようなのじゃ。どうやら前田屋どのは、最初に槍玉《やりだま》に上げられたようだと島屋の主は推量しておった」

「ほう、それはなんとなく絵図面が浮かんできたではございませんか。佐々木様が汗をかかれた甲斐《かい》があったというものだ」

と園八が笑った。

翌朝、磐音ら三人は四つ（午前十時）過ぎに福島城下を出立《しゅったつ》した。

その未明、磐音は福島藩町奉行所同心森田次信《つぐのぶ》に起こされた。緊張に顔が青白んだ森田に磐音が、

「いかがなされたな」

と問うと、

「そなたが斬った喜多仲平蔵《きたなかへいぞう》が死に申した」

と答えた。羽織の剣客は喜多仲平蔵というのか。

「お待ちあれ。それがし、命に差し障りがあるような斬り傷は負わせておらぬ」

「佐々木どの、そうではござらぬ。怪我の治療の後、あやつを一夜医師宅にて過ごさせ申した。それを夜半、襲うて殺した者がおる」

磐音は呆然《ぼうぜん》として森田を見返した。

「そなた、あやつを襲うたということはないな」

「それがしをお疑いにござるか」

その様子を二階階段上から聞いていた園八がどんどんどんと下りてきて、

「お役人、佐々木様がそのような所業をなさるものか。昨夜《ゆうべ》はおれと千次と一緒に枕を並べて寝たんだぜ」

と口を尖らせた。

「仲間の言葉は信用できぬ」

「よしてくんな。ならばおれから申し上げようか。佐々木磐音様は江都《こうと》一の剣道場尚武館佐々木道場の若先生だ。おまえさんは知るまいが、この尚武館には幕臣、大名家のご家来衆が何百人とお通いになっているんだぜ。その中には幕閣に繋がるお方も数多おられる。こたびの道中も上様御側御用取次速水左近様の関わりの旅だ。そのお方を、こともあろうに疑《うたぐ》るってのか」

「いや、あまりにも手練れの一撃で首筋を刎《は》ね斬っておるもので、つい」

「やめてくんな。佐々木様は飛脚問屋島屋の災難を助けたお方だぜ。不逞の三人組を取り押さえた若先生を疑うとは、おまえさん、どんな了見だえ」

吉原育ちの園八がぽんぽんと威勢のいい啖呵《たんか》を切ると森田も、

「それは重々承知だが、われら、人を取り調べるのが役目でな」

と困惑の体を見せた。

「森田どの。なぜ、喜多仲どのは殺されたのだな」

磐音の問いに、

「どうやら口を封じられたようでござる」

と、ほっとした顔で森田が応じた。

「ということは、奴《やっ》らの背後に仕掛け人がいたんじゃねえか」

と再び園八が磐音に代わって口を挟んだ。

「いかにもさよう」

「それでも佐々木様を疑うのかえ」

「いや、ともかく顔を見に参ったのだ」

と言い訳する森田に、

「石動と呼ばれた仲間ら二人はどうしておる」

　と磐音が問うた。

「番屋におるゆえ刺客も姿を見せ難《にく》かろう。もっとも二人を厳しく取り調べたが、数日前、喜多仲から銭でこの仕事を持ちかけられたとかで、深い事情は一切知らされておらぬようだ」

「事情と言われると」

「昨日の夕刻、江戸から島屋に到着する定飛脚の胴乱を奪いとれと喜多仲に命じられたそうで、二人はそれしか知らされておらぬのだ」

「飛脚はたれでもよかったわけではないのでござるな」

　森田次信が顔を横に振った。

「貴殿が助けた定飛脚の胴乱は、山形城下の飛脚問屋丸一へ送られるものであった」

　森田次信がえらい面倒を抱え込んだという顔をした。そして、

「かような騒ぎに発展した以上、お手前方の事情もござろうが、役所にて一応の証言をしてもらわぬとな」

　と磐音の顔をじいっと見た。

そのようなわけで福島城下を出て奥州道中五十四番目の瀬上宿《せのうえ》二里八丁（八・七キロ）を目指したのは、夏の陽《ひ》が中天に昇った頃合いだった。

「佐々木様、半日棒に振りましたね」

「園八どの、それも旅なればこそじゃ」

だが磐音はすでに気付いていた。

三人の旅を監視する目をだ。だが、園八と千次を不安がらせぬよう、黙したまま瀬上宿へと歩を進めた。

第二章　夜旅の峠

一

　この日、おこんは早苗を伴い、白山に、

「留守をしっかりとお守りするのですよ」

　と言い残して尚武館を出ようとした。白山は門下の日陰に寝転がってお愛想に尻尾をちょこちょこと振った。

「おこん様、うちに賊が入る気遣いなんぞ金輪際《こんりんざい》ありませんよ」

　と老門番の季助《きすけ》が笑った。

「そうね。盗られるものがないかわりに、木刀を持った門弟衆何十人もに取り囲まれるわ」

「ここは江戸で一番確かな屋敷だ」

と季助が応じ、

「早苗さんや、おっ母さんのおっぱいをたっぷり貰ってきなされ」

「季助さん、私はもう母上のお乳など飲みません。おこん様のご厚意で、父上の見舞いの荷を運んでいくのです」

と早苗が真っ赤な顔で応じた。その両手にはあれこれと見舞いの品が入った風呂敷包みが抱えられていた。だが、季助は竹村武左衛門の見舞いは名目と察していた。

早苗が尚武館に奉公に来て二十日が過ぎようとしていた。

早苗は尚武館の日々に必死に溶け込もうとしていたが、川向こうの裏長屋暮しと御城近くの武家地とはまるで違う。このところ早苗が元気のないのを知ったおえいとおこんが話し合い、本所南割下水の半欠け長屋に武左衛門の見舞いに行くことにして早苗を伴ったのだ。

五つ半（午前九時）の頃合い、日は三竿《さんかん》どころか中天にあって江戸じゅうをかあっと照らし付けていた。

季助が白山の小屋脇で育てている朝顔もげんなりと、紫色の花びらを閉ざしている。

上州で染められた麻の白絣《しろがすり》を軽やかに着たおこんは日傘を差すと、季助が差し出す包みを片手に抱えた。

「行って参ります」

と二人が神保小路に踏み出したとき、

「おこんさん、お待ちください。その荷はそれがしに持たせてください」

と背から品川柳次郎《しながわりゆうじろう》の声がした。

おこんが振り向くと、朝稽古で汗を流して紅潮した顔があった。

「おや、稽古は終わったのですか」

「川向こうに戻って内職です」

と柳次郎が屈託なく笑い、

「早苗どの、その荷も寄越せ」

と朋友の娘に言った。

「いえ、品川様、これは私の務めにございます」

早苗がきっぱりと断った。

「一つ持つも二つ持つも一緒じゃ。なにしろそれがし内職の材料を問屋に取りに行ったり、出来上がった品を届けたりと、大荷物には慣れておる」

「品川様、この界隈は本所北割下水ではございません。譜代大名家や大身旗本の武家屋敷です。日中、お武家様が両手に荷を持たれたのでは笑われます」

「早苗どのに一本取られたな。もっとも、夜中だと盗人に間違われよう」

にこにこと笑った柳次郎がおこんの抱えた包みを受け取り、

「おや、お重ですか」

「竹村様への見舞いの鶏卵です。もみ殻に入っておりますが、気を付けてくださいな」

承知しました、と包みを抱えた柳次郎の体と顔が一段と引き締まって見えた。

「お有《ゆう》様はなんぞ言われましたか」

「やはり持つべきは友ですね。若先生の忠告で嫌々始めた剣術の稽古でしたが、体も軽くなったし、きれもよくなりました。若くなったようだとお有どのも喜んでおられます」

おこんと柳次郎が肩を並べ、早苗がその後に従った。すると神保小路の門番が、

「おこん様、お暑うございます。これからが日盛りです、お気を付けてください」

と挨拶をくれた。おこんは一々会釈や挨拶を返しながら、

(神保小路の住人として認められたのかしら)

と少しく胸の中《うち》が熱くなった。さらに神保小路と小川町一橋通の辻では御庭番明楽《あきら》家の門番が、

「近頃、若先生のお姿をお見かけいたしませんね」

と言葉をかけてきた。これまで一度として声などかからなかった屋敷の、謹厳実直な門番がだ。驚くべき珍事だった。

「亭主どのは御用にて江戸を離れております」

と腰を折るおこんを門番が眩《まぶ》しげに見詰めた。

「すっかりこの界隈に顔を知られましたね」

と柳次郎が言い、

「おこんさんは今津屋奉公の折りから今小町として知られた人物です。この武張《ぶば》った武家屋敷がおこんさんの嫁入りですっかり華やぎ、和んだようですね」

「品川様に世辞は似合いませんよ」

「それがし、世辞と冗談は苦手です。真実を申し上げたまでで」

と言う柳次郎に二人の背から早苗が、

「おこん様、品川様のお言葉は真《まこと》にございます。季助さんがこの前、この界隈に住む若侍がおこん様のお顔を次々に覗きに来る、そのような不逞の輩《やから》は白山しっかりと追い返せ、と白山を嗾《けしか》けておられました」

「おやおや、私は見世物小屋の蛇娘かなにかですか」

「おこんさん、今朝も師範が苦笑いしておられましたよ」

柳次郎もそれに応じた。

「私のことをですか」

「いえ、今朝方、稽古の見学に来られた三人の若侍の真意は、どうやらおこんさんの顔見たさのようなのです。師範が、近頃の直参旗本の心得違いは甚だしい。もし尚武館の門弟になったならば、その心得違い厳しく叩き直してくれんと腕を撫《ぶ》しておられました」

「今度は尚武館の招き猫ですか」

陽射しの中、三人で語り合いながら筋違橋《すじかいばし》御門まで下ってきた。

この界隈の住人に八辻原《やつじがはら》と称される広場に出ると、急に雰囲気が変わった。武家地から町屋に変わったせいだ。

三人の足取りもそのせいで軽やかになった。

柳原土手《やなぎわらどて》では古着屋が荷を広げようとしていた。

「おこんさんよ、若先生の顔を見かけねえがどうしたね」

と露天商の古着屋が叫んだ。

「旅に出ております」

「おや、そうかえ。そりゃ寂しいな。おれが今晩忍んでいこうか」

「うちがどのような屋敷かご承知ですか」

と驚くふうもなくおこんが切り返す。

「おうさ、直心影流尚武館佐々木道場だったな。おこんさん、夜這《よば》いは昔から命がけと相場が決まってらあ」

「おいでなされませ。養父の佐々木玲圓が刀を構えてお待ちです」

「くわばらくわばら。当代一の剣術家に真剣を構えて待たれてたまるか」

と掛け合いながら柳原土手を抜けた。

白く光った浅草御門の先に、両国西広小路の雑踏が見えてきた。

「おこんさん、若先生はどこを旅しておられますかね」

「羽州路に入られた頃でしょうか」

「奥州路とか羽州路と聞いても、江戸の本所しか知らぬそれがしには全く察しも付かぬ」

「私もです」

柳次郎は、磐音が元許婚の奈緒の危難を助けるために出羽山形に急行していることを承知する数少ない一人だった。

「奈緒様の嫁ぎ先は紅花商人の前田屋様、羽州路に入ると紅花があでやかに咲いていようと磐音様が言い残して行かれましたが、私にも景色を想像することは叶《かな》いません」

「紅花か。どのような花でしょうね」

「おこん様、品川様、母上が薊《あざみ》のような花だといつぞや申しておりました」

と早苗が口を挟んだ。

尚武館を出て、早苗の気持ちも緊張が解けたか、いつになく軽くなっていた。やはり尚武館の雰囲気に気圧《けお》されていたかとおこんは思った。

「薊の花か。となると紫色か」

「品川様、違いますよ。口紅や染めに使われる紅花はその名とは違い、黄色の花を咲かすのです」

「それがどうして紅に変ずるのです」

「そこまでは知りません」

と早苗が言い、話は終わった。

おこんも、

（そうだわ、黄色の花がどうしてあのあでやかな紅になるのかしら）

と不思議の念に駆られながら、紅花が咲き誇る羽州街道を旅する磐音の胸中に思いを馳《は》せた。

「おこんさん、今津屋に立ち寄っていかれますか」

西広小路に入ったところで柳次郎が訊いた。

「いえ、竹村様のお見舞いが先です。今津屋様には帰りに寄ります」

三人が、分銅看板が軒に掲げられた今津屋の繁盛を横目に通り過ぎようとすると、

「おこんさんだ」

と小僧の宮松《みやまつ》の声がして、三人の前に立った。どうやらお遣いに出た帰りのようだ。

「宮松さん、お元気」

「私は元気ですけどね」

と応じた宮松の顔に憂いの表情が走った。

「お内儀様になにか」

「お内儀様は元気ですよ」

「だったら、一太郎《いちたろう》様に」

「おこんさん、違いますったら。老分《ろうぶん》さんがね、近頃元気がないんですよ。はあって溜息を折りに触れて吐いたりして、世をはかなんでいる様子なんです」

背丈がまた一段と伸びた宮松が言った。

「病ではないわね」

おこんの顔も真剣になった。

「原因は分かってますって。おこんさんが居なくなって、娘を嫁に出した親の気分なんですよ。それに近頃佐々木様まで姿を見せないから、元気をなくしてるんですよ」

「そうだったの」

おこんは両国西広小路の雑踏の中でしばらく考え、

「老分さんには私と会ったことを言わないでね。その代わり川向こうで用事を済ませたら必ず立ち寄るから。分かった、宮松さん」

宮松がいつものおこんの語調にこっくりと頷いた。

「忙しい一日になりそうだわ。品川様、早苗さん、ちょっと急ぎましょう」

とおこんが人込みの中を両国橋に向かいかけると、

「よう、今小町、里帰りかえ！」

と顔馴染みの職人か、大声を張り上げ、おこんが手を振った。

三人が南割下水の半欠け長屋の朽ちかけた木戸口に顔を出すと、井戸端から武左衛門の胴間声《どうまごえ》が響いてきた。

「勢津《せつ》、わしは鍋底《なべぞこ》ではないぞ。そう強く束子《たわし》で擦《こす》るやつがあるか」

おこんが日傘を畳むと、井戸端の盥《たらい》に大きな体の武左衛門が窮屈そうに座り、行水をしている姿が見えた。襷《たすき》がけに姉さん被《かぶ》りの勢津が、褌《ふんどし》一つの武左衛門の背中を束子で洗っている。

「おやおや、えらいところに行き合わせましたな」

と柳次郎がおこんに言いかけると、その様子を見物していた長屋の子供たちが一斉に木戸を見た。そして、その中から、

「姉上だ」

と早苗の弟修太郎《しゅうたろう》の声がした。

「おおっ、早苗、戻ったか。おや、おこんさんと柳次郎がおるぞ。早、奉公をしくじり本所に送り返されたか。よいわよいわ、それならそれでまたなんぞ考えねばなるまいて」

と武左衛門が喚《わめ》き散らした。

「早苗どのは確かに竹村の旦那の娘だが、そなたのだらしない気性は受け継いでおらぬ。おこんさんの供でそなたの見舞いに参ったのだ。だが、その様子なれば見舞いの要もないな。早苗どのを連れて戻る」

柳次郎の心にもない言葉に勢津が、

「品川様、おこん様、相すみませぬ。なにしろ湯屋に行けないものですから、暖かい日中にと行水をさせておりました。今、片付けますのでしばらくお待ちを」

と申し訳なさそうに応じた。おこんは、

「竹村様のお元気な顔を見たので、私の用は済みました。勢津様、私は深川で他の御用が残っております。その代わり、早苗さんを竹村様の行水の手伝いに残します」

「それではいくらなんでも」

と勢津が姉さん被りを脱ごうとするのを見ながら、

「いいこと、今日半日、母上の手伝いをしていらっしゃい。夕刻前、私は今津屋に立ち寄りますから、あちらで会って尚武館に戻りましょう」

とおこんは早苗に言った。

「そのようなことでは御用が務まりません。私もおこん様のお伴をいたします」

「母親孝行も奉公の一つです。尚武館の嫁の言葉を素直に聞くのも奉公人の務めよ。分かった、早苗さん」

おこんがわざと砕けた口調で言い聞かせ、柳次郎が片手に抱えてきた鶏卵の包みを早苗に渡した。

「なんだ、そなたら、冷たいではないか。わしの見舞いに来て木戸で引き返す相談か。偶《たま》に顔を見せたのだ。狭い長屋での昼酒も風流だぞ」

と武左衛門が怒鳴った。

「もはや旦那には見舞いは要らぬということが十分に分かったでな、おこんさんもそれがしも引き返す。よいか、早苗どのの話をよう聞いてやれ」

と柳次郎が言うと、

「ささっ、参りましょうか」

と半欠け長屋を後にした。

南割下水端に出たとき、

「おこんさん、竹村の旦那の見舞いを名目に、早苗どのに半日の息抜きを考えられたのですね」

「品川様もお気付きでしょう。がらりと様子が変わったのです、このところ早苗さんに気疲れが見えましたので養母上と話し合い、かようなことを考えました」

「途中から、そのようなことではないかと思うておりました」

「品川様、幾代《いくよ》様にもお目にかかろうと考えて参りました。ですが、今津屋の老分さんの様子も気がかりです。お父っつぁんに会って早々に今津屋に参ろうかと存じます。幾代様にはよろしくお伝えくださ い」

「うちは身内全員が息災です。もっとも身内と申しても老母だけですが」

おこんは柳次郎の身内の数にお有も入っていることを察して、

「幾代様とお有様によろしく」

と別れの挨拶をした。

再び日傘を差したおこんは、南割下水を北から南に、竪《たて》川に架かる三ッ目之橋を渡って深川徳右衛門町《とくえもんちょう》に出た。さらに武家地を南に抜けて五間堀に面した弥勒《みろく》寺《じ》の前へ、深川に生まれ育ったおこんならではの抜け道を選んだので、昼前に宮《みや》戸《と》川《がわ》の前に辿り着いていた。

「おや、おこんさん、お一人ですかえ」

と団扇《うちわ》を使いながら鉄五郎《てつごろう》が、額にうっすらと汗をかいたおこんを目敏《めざと》く見付けて言った。

「親方、ちょっとお願いが」

元気をなくした今津屋の老分由蔵《よしぞう》のために土産《みやげ》を頼んだ。

「由蔵さん、夏の疲れが早、出たのかねえ」

と応じた鉄五郎が、

「おこんさん、金兵衛さんに若先生は御用で旅に出られていると聞いたが、どこへ行かれたんだえ」

「出羽山形です」

「それは遠いや」

と応じた鉄五郎が、

「おこんさん、注文の鰻《うなぎ》だが、由蔵さんばかりとはいくめえ。今津屋さんの奥の分も考えると時間がかからあね。どうだえ、偶にはうちに金兵衛さんを呼んで、父娘《おやこ》水入らずで昼餉《ひるげ》を食さねえか」

「悪い考えじゃないけど、お父っつぁんがなんと言うか」

「そいつは任せておけって」

と胸を叩いた鉄五郎が、幸吉《こうきち》、と奥へ怒鳴った。すると鰻を割《さ》いていたか、手に割き包丁を持って幸吉が姿を見せ、おこんさんだ、と嬉《うれ》しそうに笑いかけた。

「幸吉、金兵衛さんのとこまでひとっ走り行ってこい。いいか、うちにおこんさんが来てるだなんて口にするんじゃねえぞ。ただ、鉄五郎より火急な頼みがございます、急ぎおいでください、と言って連れてこい」

と命じた。

「合点承知之助だ」

と割き包丁を奥に置いて、北之橋詰から猿子橋へと走っていった。

おこんは店座敷ではなく鉄五郎の居間に通され、縁側の丹精された朝顔の鉢を見ていると、金兵衛が、

「親方、火急の用とはなんですね。女将《おかみ》さんも親方も元気そうだが、なにかありましたかねえ」

と姿を見せて、ふとおこんに気付き、

「なんだ、おこん。とうとう離縁されて深川に舞い戻ってきたか」

と心にもない悪態を吐《つ》いた。

「あら、私、離縁なんてされてないわよ。本所に御用があったから、偶にはお父っつぁんと宮戸川の鰻でも一緒に食べようと思っただけ」

と深川育ちの言葉に戻した娘が答えていた。

「なんだ、そんなことだったか。脅かすねえ。幸吉がにやにや笑いながら、親方が大変だ、急ぎの用事と言うから飛んできたら、娘と昼餉を食う話か」

と言いながらも嬉しそうに、どてらの金兵衛が娘の傍《そば》にやってきた。

二

おこんが父親の金兵衛と宮戸川の小僧の幸吉を従えるように両国橋を渡ったのは、一日のうちでも一番往来が少ない八つ（午後二時）過ぎの刻限であった。水面《みなも》に反射した陽の光がぎらぎらと照り返し、橋を行く三人を苛《さいな》むように射た。

「暑いな、幸吉」

と言わずもがなの口を利《き》いたのは金兵衛だ。異名のどてらこそ着ていなかったが、寒がりの金兵衛は木綿縞《もめんじま》の袷《あわせ》を身に付けていた。

「お父っつぁん、無理しなくていいと言ったでしょ」

と日傘をくるくると回したおこんの方は涼しげな佇《たたず》まいだ。

「由蔵さんが加減が悪いと聞いて、うっちゃっておけるか」

金兵衛の鬢《びん》からも額からも汗が流れていた。

「おめえはなんだか涼しげだな」

麻の白絣の単衣《ひとえ》を着たおこんに文句を付けた。

「暑さ寒さは気の持ちようでどうにでもなるわ」

「ふえっ、死んだばあさんそっくりの口の利きようだぜ」

「金兵衛さん、もうすぐ橋を渡り切るからさ、少しの辛抱だよ」

幸吉の背には風呂敷包みが負われていた。

今津屋の重鎮の由蔵の元気がないと聞いた鉄五郎が、腕によりをかけて鰻の蒲《かば》焼《やき》、白焼き、それに香味を工夫した垂れを塗《まぶ》した肝焼きまでたっぷりと焼いて幸吉に持たせ、

「幸吉、おこんさんのお伴をしねえ」

と送り出したのだ。

「幸吉さん、おそめちゃんの噂を聞いてない」

「この前さ、江三郎《こうざぶろう》親方の供で宮戸川に来てくれたぜ。なんでも親方の知り合いが明暦《めいれき》の大火で亡くなったとかで、回《え》向院《こういん》にお参りだと」

あら、会えたのね、とおこんが幸吉を振り返った。

「明暦の大火だなんて百年以上も前の話だぜ。法事だなんて嘘《うそ》っぱちだよ」

「幸吉、親方が気を利かせてさ、おそめを深川に連れ出そうとしなさったんだよ。おそめはいいところに奉公に上がったな」

「金兵衛さん、そんなこと分かってるって。うちの親方の焼く鰻を一度食したかったと、理屈は一応つけてたよ。それがさ、出てきた鰻の焼き加減を見て、ううーんと唸《うな》ってよ、名人の焼きにかかって鰻も大往生だと洩らされたっけ」

「幸吉、名人は名人を知るだねえ。なかなか吐けない言葉だよ」

と金兵衛が感心した。

「白焼きをつまみに一合の酒を飲んでさ、蒲焼を美味しい美味しいと食べなさった」

「その間、おそめちゃんはどうしていたの」

「人の上に立つ親方だねえ。おそめ、おめえが座敷に上がるのは十年早い、こちらの帳場をお借りして鰻を頂戴せよと、おそめちゃんを階下に残して独り座敷に上がられたよ」

「幸吉、そりゃ、親方の配慮だ。少しでも気楽に食べられるように気を遣われたんだ」

「どてらの金兵衛さん、そんな説明は幸吉さんには無用よ」

と父親を一蹴したおこんが、

「幸吉さん、少しはおそめちゃんと話せたの」

「話すもなにも、おそめちゃんたら、針の遣い方がどうの、絹糸がどうのと、仕事の話ばかりをてんこもりしていきやがった。昔話なんぞこれっぽっちも出なかったよ」

「おそめちゃんらしいわね」

「仕事の話なんぞ、おれは余所《よそ》でしたくねえけどな」

「幸吉、照れてんだよ、おそめは」

と金兵衛が言い、

「お父っつぁん、それもあると思うわ」

「他になにがある、おこん」

金兵衛は汗をかきかき、橋を渡り切った。それでも娘と肩を並べて歩くのが金兵衛は嬉しいのか、幸せそうな顔付きだ。

「おそめちゃんも心の中では、幸吉さんと心ゆくまで話したいと考えていたと思うの。でも、親方の心遣いを考えると却《かえ》って、お気楽な話を口にしてはいけないと憚《はばか》ったのよ」

おこんが幸吉を振り返った。

「分かってるって、おこんさん」

と応じた幸吉が懐からお守り袋を出しておこんに見せた。

「おそめちゃんが別れ際に、今日は嬉しかったって言ってくれたんだ。おれのためによ、布地の切れ端と端糸で作ってくれたんだぜ。ほれ、鰻のかたわらに幸吉っておれの名が縫箔《ぬいはく》してあるだろ」

陽射しの中、おそめの精進と気持ちを込めて、白地に鰻の躍る姿と幸吉の名が縫箔されていた。

「親方に断って稽古の時に作ったんだって」

「なによりの宝物ね」

「やっぱりおそめちゃんはええな。おれも見習うぜ」

「それを認めた幸吉さんもえらいわ」

三人はさすがに人通りの少ない広小路を抜けて今津屋の店頭に立った。

光が白く躍る橋と広小路を抜けてきたおこんらは、店先にしばし立ち止まり、目を慣らした。萎《しぼ》んでいた瞳孔が広がり、ゆっくりと今津屋の店が見えてきた。

「おや、おこん様」

筆頭支配人の林蔵《りんぞう》がおこんらの姿を認めて声をかけた。会釈を返したおこんは、帳簿に目を落として物思いに耽る由蔵の様子を見た。

「ふえっ、日陰に入って生き返ったよ」

金兵衛の声にゆっくりと視線を上げた由蔵が、おこんらをしばらく見ていたが、

「おや、白日夢かねえ、おこんさんだ。それにこの香りは宮戸川の鰻の匂《にお》いですよ」

と呟いた。

「老分さん、老け込むのはちいとばかり早かろうぜ。深川からどてらの金兵衛が見舞いに参りましたよ」

としわがれ声を張り上げると由蔵が、

「おや、金兵衛さんもおられたか」

ところは昼寝から目を覚ましたような声で応じ、

「見舞いとはなんですね」

と訊き返した。

「老分さんがさ、夏の疲れでどうもこうも元気がないってんで、こうして六間堀からわざわざお出ましだ」

「それはそれはお気遣いありがとうございます。しかし、今津屋の由蔵、至って五体頑健、気分爽快《そうかい》ですよ」

「そうかねえ、帳場格子の中で冬の幽霊みてえによ、ぼおっとしていなさったよ。いつもの老分さんらしくないよ」

「金兵衛さんはそう見られましたか。この由蔵はね、天下国家のことなんぞにつらつら思いを馳せていたんですよ」

「天下国家って、ご政道のことでも」

「いえ、去年あたりから伊豆大島の三原山が、なにか異変を告げるように煙を噴き上げておりましょう」

「この夏も大きな噴火があって、風に乗って江戸まで灰が降りましたな」

「なにか悪い兆候のようで、そんなことをつらつら考えておったところを、折り悪《あ》しく金兵衛さんとおこんさんに見られてしまったんですよ。ささっ、お三人さん、奥に通ったり通ったり」

とようやくいつもの由蔵らしさを取り戻し、おこんらを奥座敷に招じ上げる体《てい》を示した。

「老分さん、一太郎様のお顔を見る時間だけお邪魔します」

とおこんが店先に断ると小僧の宮松が、

「おこんさん、こちらへどうぞ」

と店の隅から奥へと通じる三和土《たたき》廊下へ案内した。

十年奉公したおこんに案内など要らなかった。

宮松は、おこんが約束どおりに姿を見せてくれたことに感謝したくて、わざわざ案内役を買って出たのだ。

「宮松さん、老分さんは思ったより元気そうね」

「おっかないのも困りものですけど、早く老け込まれるのも困りものですよ。老分さんは今津屋の要《かなめ》なんですから」

と小僧の宮松が言いながらも、

「やっぱりおこんさんの顔が見たかったんですよ。老分さんの顔が、おこんさんを見た途端、ぱあっと明るくなったもの」

と内玄関まで従った。

「宮松さん、有難う」

「おこんさん、こちらこそ有難うございました」

とぺこりと頭を下げた宮松が店に戻っていった。


奥座敷ではちょうど一太郎が昼寝から目覚めた刻限で、お佐紀《さき》が女中と湯浴みの仕度をしていた。

「お内儀様、金兵衛さんとおこんさんが、私の見舞いに宮戸川の鰻を持参されたんですよ」

店から先に奥座敷に通っていた由蔵がお佐紀に嬉しそうに説明し、

「夏の疲れには鰻が一番と中川《なかがわ》先生が言っておられたわ。ようございましたね、老分さん、娘が見舞いに来てくれて」

とお佐紀も冗談に紛らしておこんの訪問を喜んでくれた。

「お内儀様、私はおこんさんの父親《てておや》ではございませんよ。このように実の父親の金兵衛さんがおられます」

「老分さん、私の前だからって遠慮は無用ですぞ。実の親は確かに私のようだが、老分さんはそれ以上の、育ての親だ。まあ、なんにしても老分さんが元気になることなら、たれが親だって結構ですよ」

と最前から娘と時を過ごしてきた金兵衛が余裕を見せた。

「あら、幸吉さんだ」

と廊下に背の風呂敷包みを下ろした幸吉にお茶を運んできたおはつが、思わず声をかけた。

「おはつちゃん、元気か」

「私は変わりございません。幸吉さんはいかがですか」

「深川育ちの娘が馬鹿丁寧《ていねい》な話し方になってさ、そっけないぜ」

と呟きながらも、

「おこんさん、鰻は温かいうちがなんたって美味しいよ。老分さんに早く食べさせておやりよ」

と勧めた。そして、

「器は明日取りに来るからよ」

と用事を済ませた顔で立ち上がった。

「幸吉が戻るとなれば私も一緒に帰ろう」

と金兵衛も腰を浮かせた。

「金兵衛さん、老分さんの見舞いに来られてそれはございませんよ。旦那様もそろそろお帰りです。顔を見ていってくださいな」

とお佐紀に引き留められ、

「老分さんの様子とさ、一太郎さんの顔を見に来たんだがな」

とそれでも上げかけた腰を落ち着けた。

「幸吉さん、あなたも冷たいものでも飲んでしばらくお待ちなさい」

お佐紀が幸吉も引き留めると、女衆に湯浴みを任せ、宮戸川への手土産を自ら用意した。今津屋には諸国から名産やら旬《しゅん》の物が届くので、たちまち土産が揃《そろ》った。

「帰りは手ぶらだと思ったら却って重くなっちゃったな」

お佐紀から駄賃を頂戴した幸吉は、到来物の甘味から酒、旬の野菜と大荷物になった荷を嬉しそうに担いだ。

「親方に有難うございましたとお伝えくださいな。器はうちの者に届けさせますからね」

とお佐紀に礼を言われた幸吉は、

「器なんぞ私が受け取りに参りますって。それよりお内儀様、おこんさんに付き添って出前に来たのに、却ってお気を遣わせ、すみませんでした」

とぺこりと頭を下げた。

おはつが店前まで幸吉を送ってくれた。それをおこんとお佐紀が内玄関から見て語り合った。

「おこん様、つい先日まで小僧さんと思っていたのに、いつの間にか一人前の奉公人の仲間入りですね」

「おそめちゃん、幸吉さん、宮松さん、おはつちゃんと、順に大人の仲間入り。こちらが歳を取るのも無理はございませんね。寂しいような嬉しいような」

「おこん様、まだその言葉は早うございますよ」

と二人が内玄関で言っていると、

「旦那様、お帰りなさいませ」

「お暑い中、お疲れさまにございました」

と奉公人の言葉に迎えられて吉右衛門《きちえもん》が戻ってきた様子があった。

「なに、金兵衛さんにおこん様が、老分さんの見舞いですと」

絽《ろ》の夏羽織を着た吉右衛門が扇子《せんす》を使いながら三和土廊下に入ってきた。薄暗い土間に吉右衛門の体から暑さが漂ってきた。

「旦那様、お邪魔しています」

「いや、佐々木様もおこん様も姿をお見せにならないので、老分さんが萎んだように元気をなくしておりました。よいところに来てくれました」

「おまえ様、宮戸川の鰻をお見舞いに頂戴しました」

「ならば、佐々木様の旅の話をつまみに、陽のある内からお酒をいただきますか」

と吉右衛門が珍しいことを言い出した。

吉右衛門が湯殿で水浴びをして浴衣《ゆかた》に着替え、おこんらが待つ座敷に戻ってきた。すでに一太郎も湯浴みをさせられて、昼寝でかいた汗をさっぱりと流して上機嫌だ。

今津屋の庭に射す陽射しがわずかに傾き、軒下に吊《つ》られた釣忍《つりしのぶ》が揺れて、いい刻限になっていた。

座敷に吉右衛門とお佐紀夫婦、由蔵、金兵衛、おこん父娘の五人が顔を揃えて、暑気払いと由蔵の見舞いを兼ね、宮戸川の鰻で軽く一盞《いっさん》を傾けることになった。

当然、江戸を不在にしている磐音が話題の中心になった。

「佐々木様はどちらに行かれたと言われましたかな」

と吉右衛門がおこんに訊いた。むろん磐音の旅は今津屋にも知らされていた。

「山形城下にございます」

「今日、両替商の各組の頭の集まりが四日市会所でございましてな。神田組の頭取佐野屋さんから、秋元様の国許《くにもと》でなんぞ騒ぎがあるという話を聞かされました」

吉右衛門は江戸両替商六百軒の筆頭、両替屋行司《ぎょうじ》という要職に就いていた。江戸の金融界を支配するだけに、両替商には三百諸国の諸々の情報が集まってきた。政事政道の動きはすべて金融と関わってくるからだ。

「佐野屋様は呉服橋内にある山形藩お出入りでしたな、旦那様」

と由蔵も即座に反応した。

「ただ今、秋元永朝様ご在府《ざいふ》でございますそうな。殿様不在の国許で、紅花、青苧《あおそ》などを藩が一括して買い上げる専売制を巡って大騒ぎが起こっているそうです。どうやら奈緒様の嫁ぎ先もこの騒ぎに巻き込まれたと思われます」

と吉右衛門が言い出した。

「そうでしたか。紅花大尽の前田屋は堅い商いで知られた家系、なぜ商いが傾いたか思いも付きませんでしたが、旦那様のお話でなんとのう分かりました。それにしても秋元様はちと強引に過ぎませぬか。紅花商人方はこれまで苦労を重ねて、一口《いっこう》千両と呼ばれる大商いに育て上げられたのです。山形藩もこれまで紅花商人にどれだけ世話になってきたか」

「老分さん、なんでも山形藩の大坂屋敷と繋がりがあった敏腕の商人が秋元家に仕官して二本差しになり、この強引な専売制を強力に推し進めているようなのですよ」

「なんと、紅花専売制を企《たくら》んでおるのは元商人ですか。なんとのう、武家方にはあるまじき強引な策と思うておりましたが、そのようなお人がな」

「旦那様、奈緒様の嫁ぎ先はお取り潰しにございますか」

「佐野屋さんもそこまでは詳しくご存じないようなのでな、早急に山形城下の成り行きを調べてもらえるよう願っておきました。なにが佐々木様の助けにならぬとも限りませんからな」

おこんには磐音の旅がそう容易なことではなく、厄介だと思えた。

山形藩六万石が絡むとなると、一介の剣術家が手助けする範囲にもおのずと限界があった。

遠く山形城下の話をしていると廊下に人の気配がして、おはつが、

「おこん様、早苗様がおいでです」

と知らせてきた。

「あら、もうそんな刻限。老分さんもお元気な様子ですので、そろそろお暇《いとま》いたします」

と慌てて辞去の挨拶をすると、

「おこんが帰るのに親の私だけが腰を落ち着けてるわけにもいくめえ」

と金兵衛も立ち上がり、暑気払いの宴《うたげ》も不意に終わりを告げた。

三

福島城下から瀬上まで二里八丁、奥州道中五十四番目の宿場を目指しての旅が再開された。

旅慣れぬ千次を連れていたとしても、磐音と園八の足ならば一刻（二時間）も

あれば優に踏破する距離だ。だが、この日の磐音の足取りはゆったりとしていた。千次は旅籠《はたご》にあった金剛杖《こんごうづえ》を譲り受けて携えていたが、それを使う要もないほどの歩みであった。

「ほう、あれが修験の山として知られた信夫山であろうか、いや、そうに違いない」

と福島盆地に浮島のような、海抜およそ八百余尺の山が浮かんでいるのを見て、磐音がのんびりと呟いた。

信夫山は単峰ではない。羽山（湯殿山）、羽黒山（谷山）、熊野山（金華山）の三山の総称で、別名青葉山とか御山《おやま》とか福島城下の住人に慕われる山だ。

「信夫山の岩壁に刻まれた岩谷観音を見物するのも一興かな」

と磐音が独り合点し、

「園八どの、かくも江戸から離れて奥州路に踏み込んだのだ。なにも見ないで通り過ぎたでは、旅の神様松尾芭蕉翁に申し訳ないぞ。岩谷観音を見に参ろうか」

と道草を食う提案をなした。

「佐々木様、本気でございますか」

「徒然《つれづれ》なるままに足を運ぶのが道中の醍醐味《だいごみ》じゃ」

磐音はどうやら信夫山東麓の崖《がけ》に刻まれたという磨崖仏《まがいぶつ》に立ち寄るつもりのようで、二人を誘《いざな》って道を外し、野良道から林道に入り込んだ。

その磐音の気紛れに黙って従っていた園八だが、林間の道が山道に変わったとき、

「佐々木様、金魚の糞《ふん》を誘《おび》き出そうという算段ですね」

と得心したように応じたものだ。だが、若い千次は園八の言葉を聞き逃した。

「飛脚の胴乱の書状を狙《ねろ》うた三人組の頭分が医師のお宅で襲われること自体、深刻な話じゃ。その背景にはなんぞ格別な理由が隠されているに違いない」

「まして通りすがりのわっしらに尾行が付いたとなれば、当然、福島城下島屋さんの一件に絡んだものと佐々木様は推測されたってわけだ。一体全体、後ろの連中、いつからわっしらを尾《つ》けているんです」

「福島城下の奥州道中の出口辺りからかな」

「それで佐々木様は相手の出方を見ようということですね」

二人の話を聞く千次の顔が緊張に強張《こわば》った。

「気になったのは、喜多仲某《なにがし》の口を封じた残酷卑劣な所業じゃ。それに胴乱の中の書き付けが、山形城下丸一に送られるものであったということも気にかかる。

まさかとは思うが、山形藩の混乱に関わる飛脚襲撃ではと考えて、一応確かめておこうと思うたのだ」

「佐々木様が手ぐすね引いたとなると、相手は飛んで火に入る夏の虫ですぜ」

「園八どの、六万石の山形藩が絡んでいる。それがしの推量が当たっているならば、夏の虫どころでは済むまい」

「へえ」

園八の短い返答に心を引き締めた様子が窺えた。

山道が尽きると、なだらかな岩場に八十余段の石段が刻んであった。

磐音らはその石段を登り詰めた。すると昨夜《ゆうべ》滞在した福島城が、盆地の緑の海の中に夏の光を浴びて見えた。

信夫山は、古来、修験道の御山として知られていた。

その東麓の岩場に応永《おうえい》二十三年（一四一六）、伊賀良目《いからめ》氏が観音堂を建立《こんりゅう》した。さらに宝永《ほうえい》年間（一七〇四〜一一）、修験者が穿《うが》ったか、六十余体の磨崖仏が刻まれて出現し、土地の人々の信仰の対象となっていく。それが近頃では奥州路を旅する人にまで知られ、お参りに立ち寄るようになった。

「ほう、これが岩谷観音ですかえ」

と園八が手拭いで額の汗を拭《ぬぐ》いながら磨崖仏群を見上げた。

岩場の頂きから葉桜の枝が差しかかり、聖観音、弁財天、不動、虚空蔵、勢至《せいし》など、仏様のお顔や半身に葉影を映して風に揺れていた。

磨崖仏の下は広場になって、その端に観音堂が見えた。

仏群の下の岩棚に参拝の人が捧げたか、野の花が手向《たむ》けられていた。

磬音らは尾行者のことを忘れて御仏に手を合わせた。

両眼を見開いた磬音に、

「旅のお人か」

と声がかかった。

肩に菅笠《すげがさ》を負い、手首の数珠《じゅず》に薄墨の衣、手甲脚絆《てっこうきゃはん》に草鞋《わらじ》がけ、かたわらに竹杖《たけづえ》を立てかけた老翁が、岩棚に腰を下ろして筆を握っていた。まるで松尾芭蕉翁が時の狭間《はざま》からふわりと立ち現れたような感じだった。

「いかにも江戸から山形城下に参る者にござる。福島にて岩谷観音のことを耳にし、見物に参りました」

磬音が答えていた。

「風流心が旅の醍醐味、その気持ちを忘れてはなりませんな」

「ご老人も徒然の旅と見えるが」

「連れ合いを一年ほど前に亡くしたでな、なんとのう無常の風に誘われて北を目指しております。まあ、無為のぶらぶら旅です」

「亡き御内儀様もお喜びにござろう」

「なあに、この世の別れが永久《とわ》の別れ、あの世があるかないかたれも見た者はございませんよ。かかる気儘《きまま》な旅をするのは、あの世に旅立った者よりもこの世に残された者の未練でな」

とあっさりと笑った老人が、

「私は文知摺《もちずり》観音に回ります」

と杖を片手に立ち上がった。

「この他にも観音様がおわすのですか」

「この東に寄ったところと聞いております。文知摺とはな、乱れ模様のある自然石の上に絹布を広げ、忍草《しのぶぐさ》を摺《す》り込んで色を染める手立ての一つでな、染絹とも呼ばれました。文知摺観音には文字通り、文知摺石が残っておるようです」

と訊かれもせぬのに説明までした老人が、森の中へと続く山道に姿を消した。

すると岩谷観音の上の葉桜の枝から鶯の声が響いてきて、それが却って深い静寂にあることを磐音らに感じさせた。

磐音らは観音堂に向かうと、そこでも旅の安全を祈願して瞑目《めいもく》し手を合わせた。

鶯の鳴き声が不意に変わり、途絶えた。

磐音が目を開けると、大店《おおだな》の番頭風の男が一人、こちらを見ていた。

「お参りにござるか」

磐音の言葉に相手は笑みで応じたが、口は開こうとはしなかった。

「園八どの、千次どの、そろそろ参ろうか」

磐音が同行の二人に言いかけ、千次が背の荷物を負い直した。

「江戸は吉原の若い衆が、奥州路くんだりまで、見目よい娘はんを買いに参られはったか」

と男が上方口調で訊いてきた。

園八と千次は、確かに吉原会所の名入りの長半纏《ながばんてん》を道中着代わりに着込んでいた。だが、江戸から遠く離れた地ですぐにそれと分かるのは、江戸を承知の人間であろう。

「わっしら、女衒《ぜげん》と間違われましたか。確かに吉原ゆかりの者ですが、娘を買い漁《あさ》る女衒ではございません。故あって吉原に身を落とした女たちの面倒を見たり、守ったりするのがわっしらの務めでさ」

と園八が応じた。

「ものは言いようだすな。吉原会所の若い衆が女郎の身を守るやて。妓楼《ぎろう》の主《あるじ》の飼い犬を務めて大門の外に逃げ出さないようにするのが、ほんとうの仕事でっしゃろが」

「これはしたり。なかなか穿った見方でございますね、旦那」

と園八のほうも平然と応対した。

「ところで旦那、わっしらになんぞ用ですかえ。福島城下から金魚の糞のように付いてこられたようだが」

相手の眼光が鈍く光り、園八から磐音に視線を移した。

「おまえ様、佐々木磐音様やな」

「いかにも佐々木磐音にござる。して、そなた様は」

「山形城下の紅花商人奥羽屋徳兵衛《おううやとくべえ》の番頭だす」

「番頭どの、お名前を聞かせてもらえぬか」

「銀蔵《ぎんぞう》」

と短く相手が応じた。

「銀蔵どの、それがしの名を承知の理由《わけ》を聞かせてもらえぬか」

「福島城下で小耳に挟んだんや」

「城下でそれがしの名が口の端にのぼるとしたら、島屋の騒ぎしか、覚えがござらぬ」

「余計なことをしくさって」

銀蔵の口調と顔付きが不意に変わった。

「そなた、道場主じゃそうな。それがなぜ御側御用取次速水様と関わりがあるんや」

「おや、銀蔵どのは島屋の騒ぎを見物しておいでであったか。それとも三人組の黒幕かな」

「ごちゃごちゃと煩《うるさ》いがな」

磐音も園八も、上方弁の銀蔵が意外に江戸の事情に疎《うと》いと睨《にら》んだ。

吉原は承知でも会所の役割を曲解し、佐々木道場をただの町道場と考えているようにも思えた。ただ、銀蔵が気にしたのは、幕府要人たる御側御用取次速水左近との繋がりのようだ。

「どちらに行く気や」

「銀蔵さん。わっしら、芭蕉翁の足跡を辿る風流旅ですぜ」

「違いますな。島屋でなにやら山形のことを気にしていたというやないか」

「ほう、そなた、島屋にも手蔓《てづる》がおありか」

「島屋は奥州道中でも一番厳しい飛脚問屋や。そんなことも知らへんのか。役人や、あやつらの小者《こもの》は、小銭で容易に口を割るもんや」

「あれこれと忙しゅうござるな。ところで銀蔵どの、山形にわれらが立ち寄っては不都合がおありか」

「公儀密偵にあれこれ詮索されても敵《かな》わんがな」

「ということは、山形領内でなんぞ騒ぎが生じておるということかな」

「やっぱり御側御用取次の密偵やったか」

と銀蔵が得心したように頷くと、

「ややこしいのんは、早めに始末するに限りますやろな」

と自問自答して片手を上げた。すると石段下から二人の武士が姿を見せた。大名家の家臣ではないが、浪々の士でもなかった。豪商の用心棒に雇われてぬくぬくとした暮らしをしている顔付きをしていた。

「番頭、この者をどうしろと言うのだ」

「李原《ももはら》先生、決まってますがな。公儀密偵なんぞに山形領内に入られてたまりまっかいな。きちんと始末をつけておくれやす」

「番頭、そなた、この者を軽く見ておらぬか」

「ぼおっとした侍だすがな。李原先生に義弟の芦野《あしの》さんの二人でなんとかなりまへんのか」

「なる。だが、金子《きんす》がちとかかる」

「なぜだす」

「直心影流尚武館佐々木道場は江都一の剣道場だぞ。その道場主となれば手強《てごわ》い。われらも命を懸けての戦いとなる」

「ちょいと待っとくれやっしゃ。それほどの道場主が、こないな若僧だすか」

「それもそうだな」

と李原が磬音を睨んだ。

「そなた、虚言を弄《ろう》しながら道中荒らしを続けておる輩《やから》か」

「驚いたね、佐々木様を詐欺師《かたり》と勘違いしていやがるぜ。おまえさん、やめときな、命あっての物種だぜ。このお方は正真正銘の尚武館の若先生だ。若いが、玲圓先生のお眼鏡《めがね》に適《かな》った腕前だぜ」

と園八が口を挟んだ。

「養子に入ったか」

と李原が義弟の芦野を見た。

「致し方ないわ」

李原が夏羽織を脱ぎ捨てた。朱鞘《しゅざや》の大刀の柄《つか》に手をかけると無造作に抜いた。

すると茫漠《ぼうばく》とした風貌《ふうぼう》がきりりと締まった。義弟の芦野が義兄に従った。

それを見た磐音は、

「千次どの、金剛杖を貸してくれぬか」

と手を差し伸べた。

「はっ、はい」

と千次が手にしていた金剛杖を差し出した。それを借り受けた磐音が一、二度素振《すぶ》りをくれた。

「そのほう、われら兄弟の腕を蔑《さげす》むか。後悔することになっても後の祭りだぞ」

「そうではござらぬ。岩谷観音の仏たちが見下ろす地なれば、血で穢すのは避けとうござる」

「義兄上《あにうえ》、こやつ、勝つ気でおるぞ」

「油断いたすな、風太郎《ふうたろう》」

と義弟に注意を促した李原が、刃渡り二尺五寸余の剣を磐音に向け、水平に突き出して寝かせた。

異形《いぎょう》の構えだ。

一方、義弟の芦野風太郎は蟹《かに》のように腰を沈めて二尺二寸を右脇構えに低く置いた。こちらも風変わりな構えだ。

磐音は金剛杖を正眼に置くと、ただ不動の姿勢を取った。

年寄り猫が春先の縁側で体を丸めて居眠りしている風情の、長閑《のどか》極まりない構えだった。

「ふうっ」

と芦野風太郎が息を吐き、息を吸った。

次の瞬間、低い姿勢から磐音に突進して、脇構えの剣を鋭く半円に引き回した。

磐音の金剛杖が、突進してくる芦野の喉元《のどもと》に伸びた。刀より長い金剛杖の利点を最大に生かしての、

「突き」

だ。それがものの見事に芦野風太郎の喉元にきまって後ろに数間も吹き飛ばし

ていた。

「ぎええっ」

風太郎が悶絶《もんぜつ》した。

「おのれ！」

李原某が突きの構えから踏み込んできた。

磐音の金剛杖が、
ひゅーん
と唸りを上げて円弧を描き、李原の鬢を殴り付けると、今度は横手に飛ばして気絶させていた。

一瞬の間の早技で二人が倒され、いつの間にか番頭の銀蔵は姿を消していた。

あっけにとられているのは千次だ。

「おやまあ、なんという凄腕《すごうで》にございますかな」

と文知摺観音を見物に回っていた宗匠が、岩谷観音の岩場の上から呆れ顔で磐音を見下ろしていた。

「宗匠、無風流な真似をいたしましてお目を穢しました」

「いやはや、旅に出ると思いがけないことに出遭うものです」

「また何処《いずこ》かの旅の空でお会いしましょう」

磐音はそう言い残すと、園八と千次と連れだって奥州道中に戻っていった。

「道草を食うた。せめて今宵は桑折《こおり》宿までは辿り着きたいものじゃ」

「佐々木様、道草のお蔭でなんとのう山形の様子が窺えましたよ。銀蔵をとっ捕まえておくんでしたが、佐々木様の腕前に見惚《みと》れているうちに、狸《たぬき》め、姿を消しやがった」

「銀蔵狸とはまたどこかで再会しよう」

「こちらに用がなくとも銀蔵のほうでありそうだ」

「いかにもさよう。楽しみはそのときまで取っておこうか。千次どの、本日は一気に桑折まで参るがよろしいか」

金剛杖を磐音から返された千次が、

「どれほど残っておりますので」

「三里とは残っておるまい」

「もはや肉刺《まめ》も固まりました。若先生が使われた金剛杖があれば、三里や五里歩けます」

と磐音らの先頭に立った。

三人はこの日、昼餉を摂《と》ることなく、瀬上、桑折と、福島城下から三里十七丁(十三・五キロ)と道草分を歩いただけで、奥州道中と羽州街道の分岐の宿場の桑折の旅籠に投宿することにした。辻近くにあった旅籠を選び、二人に言った。

「いよいよ明日からは羽州街道じゃな」

「若先生、山形までどれほどの道のりが残ってますんで」

と千次が訊く。

「桑折から滑津《なめつ》を経て二十里とはあるまい。まず二日か三日で山形に到着しよう」

そのとき、ふわっ、と脳裏に元許婚と顔を合わせる奈緒の複雑な心中を慮って、宿の戸口で磐音は立ち竦《すく》んだ。

四

奥州道中桑折から発する羽州街道は、全長百二十五里(およそ五百キロ)、陸奥青森で再び奥州道中と合流した。奥羽山脈の背骨を貫くこの幹道、峠道を登り下りする難道中の難道だが、徳川幕府以降、陸奥黒石《くろいし》藩津軽家、庄内《しょうない》藩酒井家、秋田久保田藩佐竹家など十三藩が参勤交代に使う道として整備されてきた。

また内陸山岳地を縦貫する街道にも拘《かか》わらず街道に立地する城下町は、最上川、雄物《おもの》川舟運を通して日本海と繋がり、さらに西廻り航路で上方に直結することにより、物流情報が時を置かずに入ってきて、それがために栄えた。

この朝、磐音らは桑折宿を七つ（午前四時）発ちして滑津を目指した。

桑折からこの滑津、上山《かみのやま》城下までを七ヶ宿街道と呼び、上山で米沢街道と合流して羽州街道が本式に始まる。

仙台伊達《だて》藩領の上戸沢《かみとざわ》宿で夜が明け切り、一行の足の運びが速まった。

三人は流れに沿って山間に点在する下戸沢《しもとざわ》、渡瀬、関と一気に抜けて、六里三十三丁先の滑津に昼前に到着していた。

千次が海抜千数百尺の峠道をいくつも上がり下りして七里をほぼ一気に歩き切ったのは初めてのことだ。

「千次どの、旅に慣れたようじゃな」

磐音が遅れもせずに従ってくる千次の息遣いを読んで褒めた。

「これまで若先生と園八兄いの足手纏《あしでまと》いでございましたが、もはや大丈夫です。

大門の内側二万余坪が世間のすべてだと思っていた自惚《うぬぼ》れがいけませんや。旅に出て、吉原の外がいかに広いかということが身に沁《し》みて分かりやした」

千次の口から軽口も出るようになった。

半夏の候、清々《すがすが》しくも目に染みる緑と白石《しろいし》川の流れが、千次の足の疲れを忘れさせていた。

滑津の本陣安藤家の前に暖簾を掲げた一膳《いちぜん》飯屋で昼餉を摂った。この界隈から西に向かうにつれ、

「一里一尺」

の豪雪地帯が待ち受けていた。冬場のことだが一里行くごとに積雪量は一尺増えて、馬も往来できなくなるという意味だ。

米の収穫が少ないのか、雑穀と山菜を炊き込んだ雑炊で腹を満たした一行は、再び草鞋の紐を締め直した。

「今宵は峠田《とうげだ》辺りにて泊まりかな」

と二人に言いかけると千次が、

「若先生、次の大きな宿場はどこですね」

と訊いた。

「これから先、これまで以上に険しい金山《かねやま》峠が待ち受けておるそうな。上山城下

まで大きな宿場はないな」

「上山まで何里です」

「千次、八里二丁だ。山道ゆえたっぷり一日の旅程だな」

園八が磐音に代わって応じていた。

「八里か」

「歩く気か」

園八が嗾ける口調で言った。

「兄い、おれがどこまで音《ね》を上げずに歩き通せるか、このまま夜旅を続けてみてえ。駄目かねえ」

千次が園八と磐音を窺った。

「そなたが試してみたいというならばそれも面白かろう。歩き疲れて野宿するのも旅の一興じゃ。どうじゃ、園八兄い」

磐音が年上の吉原者に相談した。

「そうですね、楽旅ばかりでは千次のためにもなりませんや」

園八と磐音が千次の願いを受け入れた。

峠田の集落を過ぎた頃、夏の陽光も西に傾き、きらきらと黄金色に輝く白石川

の清流を愛《め》でながらの旅が淡々と続いた。日没を見た磐音が、

「いよいよこれから正念場じゃが、よいか」

と千次に改めて問い直した。

「夜道だろうと峠だろうと歩き通してみせます」

千次はなにがなんでも上山城下まで踏破する意気込みだ。

「こいつがどこで音《ね》を上げるかやってみますか」

と本気になった園八が、道中嚢から小田原提灯《ぢょうちん》を取り出した。

磐音は、昨日岩谷観音に現れた銀蔵ら一味が姿を見せるのではないかと気を配りながら旅してきたが、その気配はなかった。

磐音は園八と相談して、本式な峠越えに入る前に湯原《ゆのはら》宿の百姓家に願って握り飯を用意させ、草鞋を替えた。飯を炊いてくれた老爺《ろうや》が、

「お侍様方は夜道を行くだがや」

「急ぎの旅でもねえが、話のついでに峠越えをすることになった」

園八が苦笑いして応《こた》えた。

「金山峠には出羽三山詣《もう》での人を襲う野盗がいるだよ。やめておいたほうがよくねえか」

「見てのとおりの男ばかりの三人旅だ。盗まれるものもねえよ」

と園八が軽く躱《かわ》した。

「先年のこった。松山藩の酒井様の参勤行列の尻尾をよ、野伏《のぶせり》の一団が襲っただよ。三人のご家来が本身の槍《やり》に突っ殺されて何人もの怪我人がでただ。酒井様では内緒にしておられたがな、この界隈の者は皆よーぐ知ってるだ。それでも行くだか」

と言い募る言葉を園八が聞き流し、

「父っつぁん、火を貸してくんな」

と提灯二つに灯《あか》りを入れた。

「参りましょうか」

園八が先導し、磐音を真ん中に千次が従い、夜の羽州街道金山峠越えに挑むことになった。

夜の帳《とばり》が下りると、もはや提灯の灯りが照らすわずかな山道しか見えなかった。

森閑として気温が段々と下がる中、黙々とした道中だ。

磐音は半刻《はんとき》（一時間）ごとに休みを入れた。

白石川のせせらぎの音が消えて流れと別れた。

七ヶ宿街道最大の難所、海抜千九百余尺の金山峠の上り坂に差しかかった。旅慣れた園八の歩みは変わることはない。だが、磐音の後ろに従う千次の息遣いが荒くなり、金剛杖の音も乱れてきた。そして、息遣いが遠のいた。

磐音は園八に注意して足を止めさせた。

「若先生、すまねえ」

追いついてきた千次に、

「提灯はそれがしが持とう」

と磐音が提灯を受け取り、千次を前に行かせて園八との間に挟むことにした。千次は前と後ろからの灯りを頼りに金剛杖を支えに歩みを再開し、

「こりゃ、楽でございますよ」

と二人に礼を述べた。

難行苦行、金山峠の頂きに立ったのは夜半過ぎ八つ（午前二時）の頃合いか。汗をかきながら峠に挑んだ三人だが、わずかな時間峠で足を止めただけで震えがくる寒さがあった。

夏とはいえ蔵王《ざおう》連山の尾根伝いの峠だ、急激に気温が下がっていた。

磐音は、提灯の灯りに吸い寄せられるように包囲する人の気配を感じた。湯原

の里の老爺が忠告した野伏か。

「お定まりの山賊が獣道に現れたぜ、千次」

園八が余裕の声を上げた。

「兄い、気配が分かるか」

「体のあちこちがむず痒《がゆ》いような感触だ。こいつが異変の前触れと分からないようじゃあ、一人旅はできないぜ」

「ふーむ」

と感心したように応じた千次だが、以前のように怯《おび》えた様子はない。磐音と一緒だと安心と、これまでの道中で承知していたからだ。

「兄い、若先生ばかりに働かしちゃあ、吉原に戻ったときに四郎兵衛様の前で胸が張れないぜ」

「おれたちも働くってか。おめえは山道でだいぶ足を引きずっていたようだがな」

「兄い、この闇《やみ》はいけねえ。もう少し明るくなってから出てこねえものかね」

と千次が注文を付けた。それが幸いしたか、一行を囲んでざわざわと藪《やぶ》を進む野伏の一団は、包囲網をすぐに縮める様子はなかった。

野伏にとっても、険しく狭い金山峠の夜の山道だ、多勢の利点が使えなかった。足場が悪く、闇では狙《ねら》いが定まらなかったのだ。そこで明るくなるまで待って襲う算段のようだ。

下りにかかって一刻《いっとき》（二時間）あまり、夜が白み、屏風岳《びょうぶだけ》の峰越しに朝の光が峠道に射し込んできた。そこは尾根と尾根が交わり、狭いながら平らな地が広がって、東の岩場からは清水が流れ出していた。

「おおっ」

と先頭を行く園八が感嘆の声を上げた。

磐音も気付いていた。前方に蔵王連峰が聳《そび》えていた。谷の斜面には残雪があって、夜明しの三人の目には清々しく映じた。

園八が足を止めて山に向かい、合掌した。若い千次も真似た。

磐音は峠道の向こうの山裾《やますそ》に広がる上山城下を望遠しながら、獣道の野伏の動きが急になったのを感じていた。

「園八どの、千次どの、厄介者がようよう出て参るぞ」

磐音は肩から道中嚢を下ろし、道中羽織も脱いで身軽になった。

園八も道中差を抜いて構え、千次は荷を下ろすと金剛杖を武器にした。

だが、野伏はいきなり姿を見せることなく、ざわざわと藪を揺らしながら包囲網を縮めてきた。

磐音は近くの藪陰で槍の穂先が煌めいたのを見た。磐音は包平《かねひら》を抜き放つと、それに向かって一気に走り寄った。気配を感じた髭面《ひげづら》の男が立ち上がって槍を突き出した。走りながら間合いを読んで穂先を躱した磐音が包平を峰に返して、立ち上がろうとした男の肩口を強打していた。

ぐしゃり

と男が藪に沈み込んだ。

磐音はその手から本身の槍を奪い取ると、包平を片手に園八と千次のところに後退した。

磐音は奪い取った槍の石突《いしづき》を地面に突き立てると、包平を鞘に戻す。

黒柄の槍を構え直したとき、

ふわっ

と藪が動いて、十数人の野伏が同時に姿を見せた。

大名行列を襲うという豪の野伏だ、面付きが大胆不敵で落ち着いていた。

磐音は、手に手に槍やら長刀やらの得物《えもの》を持ち、鉄砲まで構えている者の一団を睨むと、頭分に狙いを付けた。

松山藩から奪った鉄砲か、飛び道具を持つ野伏のかたわらに、陣笠《じんがさ》陣羽織の武士がいた。

磐音の手にあった槍が、鉄砲を構えた野伏に投げられた。気配も感じさせない投擲《とうてき》であった。

「あっ」

と悲鳴を残した鉄砲方が腹に槍を突き立てられ、藪に転がった。

陣笠陣羽織が抜き身を虚空に振って攻撃の合図をした。それが三人対十数人の乱戦の合図になった。

磐音は野伏の頭目に突進すると、間合いも与えず攻めに走った。相手も磐音の攻勢を敢然と迎え討とうした。

磐音は居眠り剣法を捨てていた。

多勢に無勢の乱戦は先手を取るのがこつだ。

磐音は、陣笠陣羽織の頭分に向かうと見せて右に飛び、左に疾《はし》って包平を振るい、一息に腹心の二人を斬り伏せた。

「おのれ」

という頭目の罵《のの》り声《し》が洩れたとき、磐音は頭目の正面に迫っていた。

「七ヶ宿街道名物、大名殺しの鈴木幹山竹虎《すずきかんざんたけとら》の一寸剛《いっすんごう》流脳天斬り、喰らえ！」

抜き身の長剣が朝日に光り、磐音の額に落ちてきた。だが、包平が旋風のように藪下から頭目の腰を襲い、胸へと斬り上げると、獣道へと転がしていた。

「げええっ！」

悲鳴を残して頭分と思《おぼ》しき野伏が戦線を離脱した。

今や先制攻撃で戦いの主導権を握った磐音に、野伏は包囲網をずたずたに切り崩されて散開させられていた。

園八も千次もそれぞれに相手を見つけて戦いに入っていた。だが、多勢に無勢は変わらなかった。

「金山峠の野伏の頭目、鈴木幹山竹虎どの、佐々木磐音が討ちとったり！」

磐音の大声が峠の朝風に抗して響き、野伏の間に動揺が走った。

「てめえら、このお方をどなたと思う。江戸は千代田城のおん東、神保小路にその名も高き直心影流尚武館佐々木道場の若先生、佐々木磐音様じゃぞ！　命が欲しくねえ奴は素っ首を差し出せ。若先生の刀の錆にしてくれん！」

と園八が大音声を轟《とどろ》かせた。

一瞬、戦いの場が粛然とした。

無言で得物を構えていた野伏が一人ふたりと藪陰に身を潜め、戦いの場から逃げ出した。

「てめえら、吉原会所の千次様の金剛杖を喰らえ」

「千次、急に勢い付きやがったな」

と道中差を構えた園八が笑った。それでも千次が、

「てめえら、江戸は吉原会所の力を知らないか」

と金剛杖を振り回して攻め立てる動きを見せると、残っていた野伏の間から、

「退《ひ》け！」

という声がして金山峠の尾根道が静けさを取り戻した。

「千次どの、初陣にしてはなかなかあっぱれな武者振りかな」

磐音に褒められた千次が、

「えっへっへ」

と照れたように笑って、

「若先生、おれは、ただ無闇《むやみ》に金剛杖を振り回していただけですよ」

と正直に告白した。

「戦いの場に我慢して踏み止《とど》まるかどうかが大事なことでな、あとは慣れじゃ。数を重ねればさらに気持ちに余裕が出てこよう」

「へえ、そんなものですかえ。となればこの次、野伏が現れたら、金剛杖で野郎どもの脳天を叩き割って峠下の谷底に突き転がしてやる」

「千次どの、われらは野伏ではござらぬ。相手を追い払えばそれで済むことじゃ」

と磐音が若い千次を窘《たしな》めた。

「佐々木様、ここの清水はなんとも甘うございますよ」

と園八が、岩場の割れ目に突き込まれた青竹から流れ出す清水を、掌《てのひら》で掬《すく》って飲んでいた。

「兄い、そんなに甘いか」

と千次も両手で掬い、口に含んで、

「喉がからからのところになんとも美味《うま》い水だぜ。江戸ではこんな水を飲んだことがございませんよ、若先生」

磐音も滾々《こんこん》と流れ出す清水を掬い、まず手と顔を洗った後、清めた両手に掬って口に含んだ。

ふわっ

と冷たい清水が口内に広がり、山の養分が溶け込んでいるのか、甘味がそこはかとなく感じ取れた。

「おおっ、これは甘露にござるな、園八どの」

「で、ございましょう」

と園八が莞爾《かんじ》と笑った。

「千次どのの夜旅に付き合うた甲斐があったというものじゃ。このような美味しい水を飲めたのだからな」

「神田上水がどうのこうのと能書きを垂れても、この清水の足元にも寄れませんや。江戸の水は日向水だねえ」

「千次どのに礼を言わねばならぬな」

桑折宿から滑津を経て、徹宵で七ヶ宿街道をほぼ歩き通した自信が、千次の顔に漲《みなぎ》っていた。

「上山までどれほどです」

と問う千次の声にも張りがあった。

「見よ、蔵王山の山裾に望める城下が上山だ。もはや下りばかりで、楢下《ならげ》宿を経て三里とはあるまい」

　上山は長禄《ちょうろく》年間（一四五七〜六〇）に源泉が発見されて以来、湯治場と宿場を兼ねた城下を、譜代大名三万石松平家、四代信亨《のぶつら》が治めていた。

「兄い、昼前には上山に着きますね」

「歩けるか」

「歩けますとも」

　千次の声が張り切っていた。

「ならば楢下宿に下って美味い朝餉《あさげ》を食べようか」

　一行は朝日に照らされながら峠道を再び下り始めた。

　磐音らが桑折からおよそ十五里の峠道、七ヶ宿街道を踏破して、からりと風も軽やかな上山城下に辿り着いたのは昼の刻限であった。

　城下札の辻に入ったとき、

「ふうっ」

　と千次が息を吐き、

「兄い、山形城下まで残りはどれほどです」

「おい、千次、この足で山形に向かうというんじゃねえだろうな。金山峠越えですべて力を使い果たしたぜ。やめてくんな」

「ただ聞いただけだよ、兄い」

「千次どの、四里だそうな」

磐音は札の辻の道標に刻まれた文字に目を留めて言った。

「明日のこの刻限には山形城下じゃ。本日は上山の湯でゆっくりと体を休めるとしようか」

と磐音は千次に言いながら、江戸からの十数日の旅を脳裏に思い出していた。

第三章　花摘む娘

一

古《いにしえ》より日本人は、中国から渡来した紅染めの技法とほんのりとした色合いを深く愛してきた。紅花や紅については『万葉集』の中の相聞歌に多くみられる。たとえば、

「紅《くれなゐ》の薄染め衣《ころも》浅らかに相見し人に恋ふるころかも」

淡い紅染めの衣装の色合いと同じように、逢瀬《おうせ》は淡く薄いにも拘《かかわ》らず、不思議にも恋しくてなりませぬ、という意か。

あるいは、

「外《よそ》のみに見つつ恋なむ紅の末摘花《すゑつむはな》の色に出でずとも」

今は遠くからあなた様のことを恋い慕っていましょう。まるで末摘花の紅花が最初は黄色なのに赤い紅に変身するのに、今はその風情さえも感じさせないように、とでも解釈すべきか。

古の男女の心を捉《とら》えた色が、

「紅花」

であり、

「紅」

だった。また淡い紅色が日本人に深く愛された要因の一つに、冠位や身分を示す青、赤、黄丹《きあか》、支子《くちなし》、深紫《こきむらさき》などが「禁色《きんじき》」であったことが考えられる。その禁色の赤のうち、薄い紅花の赤は、「許色《ゆるしいろ》」として使うことが許されていたからだ。

紅花は元々西南アジア原産ともエジプト原産ともいわれ、キク科の一〜二年草だ。古くから南ヨーロッパ、中近東、天竺《てんじく》、中国と広範囲で栽培されていたが、日本には六世紀、朝鮮半島を経て中国から渡来した。

日本では最初、関東以西の温暖な地で栽培されていた。それが徳川幕府成立以前の十六世紀、出羽国にも紅花栽培が伝えられた。寒冷の地でありながら、最上川流域の土壌と湿潤な気候が紅花栽培に幸いして、出羽最上産の紅花は、

「土性極めてよく、光色ありてうるはしきは、作れる花の色もよく染付よし」と絶賛され、京商人が高く取引きするようになっていく。自然の不思議な恵みだった。

上山城下の湯治宿に泊まった磐音ら三人は朝湯までして、七つ半(午前五時)に宿を出た。

最後の行程の四里だ。千次が旅に慣れた今、昼前には悠々と山形城下に到着する計算だ。

歩き出してすぐに山形盆地の南端へ朝陽《あさひ》が射し込み、朝露が光っているのが見えた。そして、磐音一行が小さな峠を越えてその谷間に入ったとき、思わず足を止めて息を呑《の》んだ。

須川《すかわ》が南北に流れる盆地の両岸には、まばゆいばかりの黄色の花畠《はなばたけ》が広がっていた。

三人が初めて接する紅花だった。

「兄い、この界隈の人は花を食するんですかねえ」

と千次が園八に尋ねた。

「千次、おめえも吉原者を気取るなら、紅花が何色かくらい知っておけ」

「兄い、これが紅花ですかえ」

「いかにもさようよ」

黄一色に染まった花畠のあちらこちらに姉さん被りが動いていた。農婦たちが腰に竹籠《てんご》を下げて花の間を進みながら花びらを摘んでいた。

「花魁《おいらん》の振袖《ふりそで》も長襦袢《ながじゆばん》も口紅も、この紅花の世話になっているんだぜ」

「兄い、柳屋の紅猪口《ちよく》のくれないはこの花がもとかえ」

千次が言う紅猪口とは、盃《さかずき》の内側に紅を塗り付けたものだ。

「そうよ、紅一匁《もんめ》金一匁と高値で取引きされる紅花がもとだ」

「畠はここだけじゃあるめえ。いくらでも採れそうじゃねえですか」

「最上川流域の広い範囲で紅花は栽培される、だが、それにも上等下等があらあ。最上等は、山形城下から天童《てんどう》、尾花沢《おばなざわ》界隈で栽培される紅花だ」

磐音は園八が紅花について詳しいので驚きながら耳を傾けていた。

「ともかく、あっちこっちで栽培されるんなら、もちっと安く取引きされてもいいじゃないですか」

と千次は紅一匁金一匁に拘《こだわ》った。

「よし、値が高いからくりを講釈してやらあ。旅の徒然《つれづれ》にその耳かっぽじって聞け」

「へえ」

「姉様たちがこの暑い盛りに腰を屈《かが》めて花びらを摘んでいるな。それだけでも大変な仕事だが、花びらが全て紅として使えるわけじゃねえんだ。家に持って帰り、庭に広げた筵《むしろ》の上に干して、黄色がいい花びらだけを選び出すんだ」

「一番摘み茶と二番摘み茶みたいなものか」

「余計なことをぬかすな。選んだ花びらを桶に入れて女の素足で踏み込む、そうするとな、黄色の色の素が流れ出るんだ」

「ほう、こりゃ、大変だ」

「黄色を絞り出した花びらを筵に並べて乾燥させ、一昼夜放っておくとよ、赤く発酵するんだと。真っ赤に発酵した花びらを木臼《きうす》に入れて、餅《もち》みてえに杵《きね》で搗《つ》くとさ、赤餅のようになる」

磐音は園八の談義に真剣に耳を傾けながら、足をゆっくりと運んでいた。

空は晴れ上がり、見渡す限りの黄色の原だ。浅黒い園八の顔も黄色に染まっていた。

「搗いた紅餅をよ、手で丸めて小分けにする」

「まるで餅搗きだな」

「その丸紅餅を筵に並べて、その上から別の筵をかける。その上に女衆《おんなし》が乗ってよ、甚句なんぞを歌いながらまた踏むんだ。頃合い、紅餅をひっくり返して乾燥させれば、紅の原料の紅餅の出来上がりだ。こいつがさ、最上川舟運で酒田湊《みなと》まで運ばれ、西廻り航路の千石船で京や江戸に送られるのさ」

「兄い、物知りだねえ」

と千次が感心した。

「驚いた」

と磐音も洩らした。すると園八が、

「佐々木様までそう素直に感心なされちゃあ、黙ってるわけにはいきませんや」

と苦笑いを浮かべ、

「夜分、湯に入りたくなりましてね、独り湯に浸かりに行ったんでさ。そしたら、湯治の老夫婦と一緒になりましてね、わっしが江戸者でまだ紅花を見たことがないと言いますと、行《ゆく》すゑは誰《たが》肌ふれむ紅の花、と、なんとか集に載っている句なんぞを教えてくれましてね、最前の作業を事細かく教えてくれたんですよ」

「園八どの、それはよいお方に会われたな」

「今じゃあ、隠居ですが、数年前まではお婆《ばば》も紅花に埋まって花びらを摘んだそうです。それもただ花びらを摘めばいいというものではねえそうで、黄色の花びらの先がちょいと赤みを帯びた頃合いのものを摘む。紅花は薊《あざみ》の仲間にございましょ、茎や葉の縁に棘《とげ》がございます。花を摘むとき、こいつが刺さって痛いんだそうで、朝早く露が上がらないうちに摘むと、棘がやわらかで手に刺さらないそうです」

「さすが、ご苦労と知恵がござるな」

「それでも、忙しい折りは、このように陽が高くなっても作業を続ける。美しい花ほど棘がある、花魁と一緒だぜ、とお婆の話を聞きました」

と園八が講釈を終えた。

磐音は朝の間が紅花摘みの作業刻限だと聞き、改めて花畠の中で忙しそうに働く女たちを見た。

「おらも行きたや青毛に乗ってヨー

紅の供して都まで」

と若い声の紅花摘唄が響いた。すると川の流れの向こうでまだ若い娘が立ち上がった。

十二、三歳くらいか。
花摘唄の少女の白い顔に朝露が光っているのまで見分けられた。

紅花に囲まれた娘がふと、対岸の磬音らに目を留めて会釈した。

「精が出るな」

磬音が応え、ふうっと脳裏を奈緒の顔が過《よ》ぎった。


宝暦《ほうれき》が明和と改元された秋頃のことか。豊後関前城下の坂崎家では、照埜の実家の岩谷《いわや》家の法事が菩《ぼ》提寺《だいじ》の泰然寺《たいぜんじ》で催された。

呼ばれた親類の到着が遅いというので、磬音が山門下まで様子を見に行くことにした。

泰然寺は白萩寺《しらはぎ》として知られ、秋の季節には見物客が絶えなかった。だが、この日は見物客の姿はなかった。

磬音が山門前に立ち、釜屋《かまや》の浜から続く石段を見下ろしたとき、秋茜《あきあかね》が数匹飛び交っているばかりで人影はなかった。

満開の白萩で石段は眩しいほどだ。

不意に白萩の中に娘の顔が浮かび、花に遊ぶ顔が、ふうっと吸い寄せられるように磬音を見上げた。

「奈緒」

磬音は白萩に埋もれた奈緒の顔を見ていた。

この数年、幼い頃のように奈緒とあまり会う機会がなかった。奈緒はいつしか娘から女へ移ろうとしていた。物憂いような奈緒の顔に喜びと恥じらいが浮かんだ。互いにどこか敬遠し合っていた。

「磬音様」

「なにをしておる」

「釜屋の浜の知辺《しるべ》に御用で参りました。帰り道、泰然寺の白萩に誘われてつい境《けい》内《だい》に紛れ込み、見物をさせてもろうておりました」

「帰りを急ぐか」

「いえ、もう御用は済みました」

「ならば奈緒、法事に付き合え」

「本日は法事にございますか」

「岩谷の家の法事だ」

「私が線香を上げては迷惑ではございませぬか」

「何十年も前に死んだ先祖が文句など付けるものか。さあ、参れ」

坂崎家と小林家では禄高と職階が違い、それが奈緒の遠慮を呼んでいた。

「さあ、手を」

磐音は白萩の中から手を差し出した奈緒を引っ張って石段に引き上げ、法事の席に戻った。

その日から一年後、坂崎磐音と小林奈緒は許婚の縁を結んだ。

あの秋の日の奈緒の顔が紅花摘みの少女と重なり、

(奈緒と会わずば済むまいな)

と思った。


「どうなさいました、佐々木様」

足を止めて物思いに耽る磐音に園八が声をかけた。我に返った磐音が、

「いや、紅花の美しさに見惚《みと》れておった」

と言い繕《つくろ》った。

いつしか紅花摘みの女たちは畠から姿を消していた。陽が高くなり、紅花の棘が固くなって刺さる刻限になったのか。

「参ろうか」

三人は歩みを再開した。

紅花の景色を愛でながらの歩みだが、山形盆地に入って三人の足取りは軽やかだった。

いつしか、かつての最上氏が五十七万石を領有した山形城下に近付いていた。

元和《げんな》八年（一六二二）八月、藩政の乱れから最上氏が改易の憂き目に遭った後、鳥居家、保科家、結城松平家、奥平松平家、奥平家、堀田家、大給松平家と目まぐるしく転封入封が繰り返され、秋元家二代目永朝がただ今の山形藩六万石の城主として勤めていた。

譜代大名が左遷などを理由に移される地として代替わりする度に、石高は減らされていた。その山形を支えるのが紅花であり、青苧《あおそ》であった。

そのような城下町に磐音一行が到着し、福島城下の飛脚問屋の島屋から紹介された旅籠《はたご》、湯殿山神社近くの最上屋彦左衛門《ひこざえもん》方に草鞋《わらじ》を脱いだのは昼の刻限だった。

島屋からの紹介ということもあって二階座敷に通された。控えの間付きで、京や江戸から紅花の買い付けに来る商人が泊まる座敷だという。

座敷に落ち着いた頃合い、番頭が宿帳を持って挨拶に来た。

「福島の島屋様から書状を頂戴しておりました。佐々木様、ようこそいらっしゃいました」

「島屋どのが書状をわざわざ、ご丁寧にも痛み入り申す」

「佐々木様、わが主彦左衛門がちと佐々木様にお目にかかりたいと申しておりますが、母屋までご足労願えませぬか」

磐音は番頭の顔を見返すと頷いていた。


最上屋の母屋は旅籠の裏側にあって、広い敷地と長屋門は、最上屋が最上氏からの地付き町人であることを示していた。

主の彦左衛門は八代目とかで、磐音が想像していたよりもずっと若く三十七、八歳かと思えた。

「佐々木様、お呼び立て申し、失礼仕《つかまつ》りました」

「なんのことがございましょう。福島城下の島屋どののご厚意に感謝いたしております」

二人が対話する蔵座敷はこの地方独特の造りで、蔵座敷は元々米を貯蔵する蔵であった。それを縦に長く座敷をつなげて、客人の接待や宿泊に使われるようになったものだ。

蔵造りのせいか、夏は涼しく冬は暖かく保たれた。店蔵と同様山形商人の財力が齎《もたら》したものだった。

最上屋の蔵座敷も畳の間が縦に三つ続き、中ほどには中二階への箪笥《たんす》階段もある造りで、開け放たれた奥の戸口の向こうに手入れの行き届いた庭が望めて、泉水には可憐《かれん》な白い花を咲かせた藻が繁茂していた。

どこか山深い沼の藻を移植したのであろうか。水面《みなも》を吹き渡る風は、磐音に遠く出羽国にいることを想起させた。

「佐々木磐音様は、直心影流佐々木玲圓先生の後継とか」

「養父《ちち》をご存じですか」

「いえ、面識はございませぬ。時には江戸に出ますゆえ、佐々木道場の武名も剣術家玲圓様の令名も承知しております」

「それがし、門弟にございましたが、故あって父子の契りを結び、尚武館佐々木道場を継ぐ身になりました」

八代目彦左衛門が頷き、

「佐々木家は一介の町道場主ではございませぬな」

　とさらに問いを重ねた。

「御城端近くの拝領地に道場を構えておりますれば、門弟衆は直参《じきさん》旗本から大名諸家と幅広うございます。ためにそのような埒《らち》もない噂も流れます」

「佐々木様、うちは島屋さんとは何代も前の先祖からの付き合いで、なんでも話し合い、お付き合いする仲にございます。その島屋さんが、佐々木様にはなんぞ秘命を帯びて山形入りされた形跡ありと記されてこられました。いえ、誤解なきように申し添えておきますが、島屋さんは佐々木様のお人柄に惚れられて、山形滞在中、なんなりとお手伝いせよと私どもに命じてこられたのです」

　磐音は一期一会の縁と思った飛脚問屋島屋の親切に胸の中《うち》で謝した。

「有難いことです」

「佐々木様、単刀直入にお尋ね申します」

「なんなりと」

　若い者同士だ。島屋の厚意に鑑み、磐音は素直に心を開こうと思った。

「佐々木様は公儀密偵にございますか。なんぞ騒ぎを聞き付けて山形藩の内偵に来られましたので」

磐音の両眼が驚きに丸くなり、次いで顔に笑みが浮かんだ。

「彦左衛門どの、誤解も甚だしゅうござる」

「さようでしょうか」

「それがしもまた一介の剣術家を志しております。なんじょう公儀の密偵など務めましょうや」

「真実《まこと》にございますか」

「はい」

磐音の素直な返答に彦左衛門の顔に困惑が広がった。

「島屋さんも私も考えすぎたのだろうか」

と独白した彦左衛門が、

「では、佐々木様、なにゆえの山形入りですか」

と念を押した。

「島屋どのの文は、それがしが紅花問屋前田屋に関心を持っていると知らせてきたのではござらぬか」

「そこです。前田屋内蔵助さんの身辺に関心を寄せられているということで、公儀密偵ではと島屋さんは考えられたのです」

「そのような疑いをお持ちにも拘らず、それがしに助勢せよと、島屋どのは記してこられたのでござるな」

磐音も念を押して問うた。

「佐々木磐音様のお人柄ゆえです。公儀密偵であろうとなかろうと、佐々木様ならば山形藩や領民に悪《あ》しき判断をなさるはずはないと考えられたのです」

「それは島屋どのの買いかぶりにござる」

磐音の苦笑いをどう受け取るべきか、彦左衛門には迷う様子があった。

「こちらからお尋ね申すが、よろしいか」

彦左衛門が頷いた。

「前田屋内蔵助どのとは昵懇《じっこん》のお付き合いにござるか」

「わが屋号最上屋は、最上義光《よしあき》様以来の地付きをしめし、この界隈では紅花を扱う商人の意でもございました。ですが、うちはちと理由がございまして何代も前に表向きの紅花商人を返上し、旅籠を営んでおります。そのようなわけで前田屋とは同業であった関わりから、先祖代々濃い交わりがございました」

「ただ今も昵懇の付き合いがあるのですか」

いいえ、と彦左衛門が顔を横に振った。

「両家の間になにかございましたか」

「ふうっ」

と彦左衛門が息を吐き、

「そのようなことまで話し合う要がございましょうか」

と磐音に反問した。

二

「それがしには連れが二人ございます」

と磐音は話題を静かに転じた。

「ご門弟衆ですか」

「いえ、吉原会所の若い衆です」

虚を衝《つ》かれたように彦左衛門の顔が固まった。

「前田屋内蔵助どののお内儀をそなた、ご存じか」

「噂には」

短い返答は、最上屋と前田屋の付き合いが途絶えていることを示していた。

「その噂とは」

「………」

「申されよ」

「内蔵助さんのお内儀は吉原の花魁であったという風聞が、嫁いでこられた前後に山形城下に流れました。ですが、花嫁様は献身的に舅《しゅうと》姑《しゅうとめ》様に尽くされ、奉公人にも分け隔てなく接し、山形の暮らしに溶け込もうとなさる努力と働きぶりに、いつしかそのような噂は立ち消えになりました」

　磐音は自分が褒められたように頷いていた。

「いかにもお内儀どのは、吉原の総籬丁子屋《そうまがきちょうじや》の抱え、白鶴太夫にございました」

「やはり噂は真《まこと》でございましたか」

「さらにその昔、お内儀の小林奈緒どのは、さる西国の大名家の家臣の娘にございました」

　磐音の話が思わぬところに急展開し、彦左衛門の顔に新たな緊張が走った。

「お武家様の娘御で」

「それがしの許婚《いいなずけ》にござった」

　なんと、と驚きの声を発した彦左衛門が、

「佐々木様は、前田屋の苦衷を聞いて奈緒様を取り戻しにいらしたので」

と性急に問うた。

「いえ。それがし、いつ、どこにありても奈緒どのの幸せを願うております。吉原会所もまた同じこと。吉原は、全盛を勝ち得た松の位の太夫が廓外《くるわ》に出て不幸に見舞われることを許しませぬ。吉原の太夫とは、それほどの権勢を誇る身分にございます」

彦左衛門は長いこと沈黙していた。

「佐々木様と吉原は、前田屋のお内儀を助けるために山形に下向なされた」

磐音が首肯した。

ぽんぽん、と不意に彦左衛門が手を叩くと、蔵座敷にその音が響いて、遠くで女の返事がした。

「佐々木様、お互い虚心に話し合う要がございましょう」

磐音が重ねて頷いた。

茶が供され、再び静寂の蔵屋敷に二人だけになった。

磐音は茶を一口喫すると、静かに奈緒の転変の半生を語り始めた。磐音の話は半刻（一時間）以上も淡々と続き、終わった。

最上屋彦左衛門の顔は予想もかけない話に上気して、それが鎮まるのを待って口を開いた。

「佐々木様も奈緒様も、途方もない運命《さだめ》に翻弄《ほんろう》されたものでございますな。驚いたなどという言葉では言い尽くせません」

「それがし、奈緒どのを江戸の千住大橋までお送りしたとき、胸の中にこれで奈緒どのの苦労は終わると、嬉しく思いました」

「佐々木様の複雑なお気持ち、私にも察することができます。また奈緒様が佐々木様のおられる江戸を離れ、故郷から遠く離れた山形の地で新しい暮らしを立てようとなされた決意も、理解できるような気がいたします」

「奈緒どのの苦労は千住大橋で終わらねばならなかった。それが、もし理不尽な理由で壊されたとなれば、それがし、なんとしても取り戻して差し上げたい」

彦左衛門は茶碗《ちゃわん》を掌《てのひら》に置いてしばし沈思し、

「わが最上家と紅花商人首座の前田屋が疎遠になったのは、前田屋の先々代からです。なかなかの遊び人でしてね、京に上って茶屋遊びを豪快になさるお方でした。そのせいで商いが疎《おろそ》かになり、先々代が亡くなられたとき、あちらこちらに借財だらけで、紅花商人首座をどなたかに明け渡すどころか、前田屋は潰れるのではないかという噂が城下に流れました。それを立て直されたのが当代の内蔵助さんです。内蔵助さんは商人としては一流の才覚をお持ちの方でした。これまで最上の紅花は主に京の西陣織の染料やら口紅に売り捌《さば》いていたものを、内蔵助さんは江戸に販路を広げて、新しい紅花商いを開かれました。内蔵助さんが主《あるじ》になると、勢い盛んだった頃の前田屋の売り上げの何倍にも跳ね上がりました」

磐音は、千住大橋で対面した内蔵助の堂々とした男ぶりを思い出していた。

「ただ今の最上紅花のことにも触れておきますと、最上紅花は諸国で生産されるおよそ半分を占めております。多い年は『最上千駄』と言われるほどの出荷を誇ります」

彦左衛門は乾燥させた干花三十二貫（百二十キロ）の包みが一駄と数えられること、千駄といえば三万二千貫（百二十トン）にもなることを磐音に説明し、さらに、最上紅花は一駄が四十両から五十両で取引きされることを告げた。

「去年、安永《あんえい》六年（一七七七）にはなんと一駄百両の最高値が付きましてな、紅花一駄の売り値は米二百俵分にも相当いたします。そう、京で売り捌く一年の売り上げは六、七万両に及びましょう。前田屋はこのうちのおよその三割を超える干花を売り捌く大商人、内所は実に豊かでございまして、白鶴太夫を身請《みう》けするくらいなんでもなかったのです」

磐音は内蔵助の才覚に感心した。

「内蔵助さんが商売一途《いちず》に熱心に働かれるにはもう一つ秘密があったと、私は見ています。内蔵助さんは男が見ても顔の半面は立派なお顔立ちです。ですが左半面には生まれついての大きなあばたがございます」

磐音は頷いた。

「それも承知でしたか」

と彦左衛門が応じ、さらに続けた。

「最上家の家ばかりではございません。幼い頃から頭巾《ずきん》を被り、人前に素顔を曝《さら》すことはなさいませんでした。主になられても内蔵助さんは一番番頭の早蔵《はやぞう》さんを表に立てて、紅花を買い付けに来る江戸や京の商人とも対面をすることはなかったのです。さらにこれまで付き合いをしてこられた山形城下のどこの家とも昵懇の付き合いを絶ったのです。城下の人間で内蔵助さんの顔を承知している者は限られておりましょう。早蔵さんを、前田屋の主と思っている者もいる始末です」

「…………」

「山形の商売仇《がたき》の紅花商人は、前田屋の旦那のあばたが女嫌いにして、商売一途に走らせたなどと陰口を叩いておりました。陰口にも一理がありましょうが、内蔵助さんの商売熱心と才覚があったればこそ、揺らぎかかった前田屋を立て直した上に、一段と身代《しんだい》を大きくされたのです」

彦左衛門は喉の渇きを潤すように茶を喫した。

泉水に射す光が西に傾き始めていた。

「内蔵助さんは、花嫁御寮を山形に連れ帰られたあの日から、堂々と奉公人の前に素顔を曝されるようになりました。店の奥にかぎられていたようですが、そのようなお気持ちの変化を齎したのは、間違いなく奈緒様のお力にございましょう」

磐音が得心したように頷いた。

「お話では、前田屋どのが難儀に見舞われるような様子はどこにもないようにお聞きしましたが」

磐音の問いかけに彦左衛門が頷いた。

「内蔵助さんが素顔を曝された頃のことです。山形藩では勘定物産方に紅花を主に扱う紅花奉行を置き、その初代奉行に播磨屋三九郎というお方を登用なさいました」

　この話は福島城下で飛脚問屋島屋から聞いていた。

「播磨屋様は山形藩大坂屋敷に出入りを許されていた商人《あきんど》でして、算盤《そろばん》が達者なことから首席家老の舘《たての》野十郎兵衛《じゅうろべえ》忠有《ただあり》様に可愛がられ、ついには紅花奉行としてお侍になった人物です」

「商人の出でしたか」

「播磨屋様は一年ばかり山形で様子を見られました。紅花を作る百姓方を精力的に訪ね歩いて、紅花がどのように作られ、どのように集荷された上で、京に送られるかをじっくりと見極められた。その上で紅花を藩の専売制にする案を永朝様に奏上し内諾を得たところで、城下の紅花商人に示された。一年前のことです」

「当然、厳しい反対に遭《お》うたであろう」

　磐音は、豊後関前の海産物を藩の物産所が買い上げて借上げ船で江戸に送り、販売するという試みを立案した経験から考えた。

　その案が提示できる前に藩を二分する内紛が勃発して、磐音は藩外に出ることになったのだ。

　豊後関前の海産物は元々藩内での消費流通が大半であり、浜値も安かったにも拘らず、藩が一括して買い上げるとなると厳しい反対に遭ったり、売り値を法外に吊り上げる輩《やから》も出て苦労したのを承知していた。

紅花は、

「紅一匁金一匁」

と高値で定着し、販路も京を中心に確立していた。それを強引に藩が専売制に乗り出したのでは、紅花商人がこれまで培ってきた既得権を冒瀆《ぼうとく》するものだ。

「最上紅花を扱う商人は数十人おりますが、中心になるべき首座の前田屋当代が表に立つことはないせいで、かたちばかりの紅花組合になっておりました。ですが、藩の専売制が内示されると、猛然たる反対の動きが表面化し、紅花商人と栽培する紅花農家とが結束して専売制に反対することになったのです。反対の先頭に立ったのは前田屋です。内蔵助さんが陣頭指揮をとり、紅花商人と百姓衆を纏《まと》めて嘆願書を藩に提出された。播磨屋様は当初、穏やかな話し合いをなされる様子だったそうです。その間に、反対の中心となるべき人物がたれかを見極められていたのでしょう」

播磨屋はまず紅花栽培農家を検地し直して、一反あたりの過酷な作付税を命じ、農家の側から切り崩しにかかった。同時に、藩に紅花を売り渡すならばこの作付税を免除するという、甘い策を提案して栽培農家を懐柔した。

「当初、これまで付き合いのある紅花商人に義理立てして藩の専売制に反対してきた百姓衆も、過酷な作付税を払うよりはと、藩に紅花を売り渡す内約をする者が現れ、一人また一人と切り崩されていきました。紅花商人たちは前田屋を中心に結束を固めて、この難関に立ち向かおうとした折り、城下に内蔵助の嫁は吉原の太夫上がり、その女を身請けするのに前田屋は何万両も支払ったという噂が再び流されまして、紅花商人の間に動揺が走りました。ええ、人間というものは哀《かな》しい生き物です。前田屋の嫁は何万両で身請けされた遊女上がりという噂だけで、なんとなく紅花組合の会合で前田屋は浮きあがった形になってしまったそうな。そんな折り、播磨屋様は第二の手を打たれました」

藩の勘定物産方が動いて前田屋の店に立ち入り、店、蔵、住まいとそれこそ床板を一枚一枚剝《は》がすようなお調べが行われたという。

調べが入って数日後、前田屋ではご禁制の阿片をはじめ、唐《から》ものの南蛮《なんばん》ものを扱っているという噂が城下に流れ、前田屋の商い停止《ちょうじ》が命じられ、表戸が閉じられる事態にまで発展した。

「阿片だ、唐ものだとご禁制の品を前田屋に持ち込んだのは、紅花奉行の播磨屋三九郎様と分かっておりました。ですが、相手は藩の意向を振り翳《かざ》しての調べです。どのような筋書きも思いのままです。前田屋では即座に江戸に訴えるために番頭、手代が密かに藩を抜けて、羽州街道を江戸に走りました。だが、その者たちにも追手がかかり、一人ふたりと国境で密かに殺害されたそうな」

その一人が吉原会所に駆け込み、四郎兵衛に窮状を訴え、それが磐音へと知らされる結果となったのだ。

「最上紅花を長年栽培してきた百姓衆と紅花商人には、長年培ってきた信頼と約定がございます。それを播磨屋様はあの手この手の締め付けで、切り崩された。ただ今では大半の紅花農家と紅花商人が、藩の専売制のもとで生きることを模索されているとか」

「前田屋どのはどうなさっておられますな」

「商い停止に追い込まれて、押し込めに遭っておられます。前田屋の表にも裏にも常時役人が立ち、奉公人が買い物に出ることくらいしか許されておらぬそうな」

「未だ前田屋どのは専売制に反対なのですね」

「前田屋と重立った紅花商人何人かは、未だ藩の意向に承服しておられません」

　彦左衛門の話は終わりに近付いたか、温《ぬる》くなった茶を喫した。そして、女衆を呼び、蔵屋敷に行灯《あんどん》の灯りが入れられ、蚊遣《かや》りが焚《た》かれた。

　すでに泉水のある庭は夕闇《ゆうやみ》に沈んでいた。

　物静かな女衆が蔵座敷から消えて、彦左衛門の話が再び始まった。

「佐々木様、いくら大坂屋敷で紅花商いに精通した播磨屋三九郎様とは申せ、最上氏以来の紅花商人がこうもあっさりと播磨屋の策に落ちるとは考えられません。そうは思われませんか」

「なにか秘策をお持ちでしたか」

「秘策かどうか。私は、この前田屋へのお調べをはじめとする藩の嫌がらせの背後には、前田屋を含む紅花商人の内情に詳しい者が、播磨屋様と内通していなければおかしいと見ています」

「前田屋の中にそれはおると言われるか」

「あまりにも手際がよいこと、それに長年紅花商いに携わってきた紅花商人でなければ分からぬ商売の機微を、播磨屋様が心得ておられるようにお見受けすることなどを勘案した私の推量です。おそらく前田屋の中にはおりますまい。ただ今のところ、表に立たれぬ奥羽屋徳兵衛あたりかと推測しております」

磐音は岩谷観音で会った銀蔵が奥羽屋の番頭と名乗ったなと思い出しながら、さらに尋ねていた。

「もし紅花が山形藩の専売となった場合、播磨屋どのは紅花をこれまでどおり京で売り捌くおつもりなのでしょうか」

「京と江戸の商人を天秤《てんびん》にかけて値を吊り上げる策を弄しておられると、もっぱらの噂です」

「なかなか手強い人物のようですな」

「形《なり》は小さな方ですが、肝っ玉はなかなかどうして据わったお方かと存じます。またこの山形には元禄《げんろく》（一六八八～一七〇四）の頃より近江商人が乗り込んで定住いたしました。なにしろ近江の方は働き者です。ですが、この方々はどのように頑張ろうと紅花だけには手が出せません。その近江商人の不満を播磨屋様は上手に掬い上げ、藩専売制が確立した暁には前田屋様方の後釜《あとがま》に据えるようなことを内々約されているとか。むろん商人の筆頭は奥羽屋にございますよ」

「藩主の永朝様はどの程度、この紅花専売策を承知なのでござるか」

磐音はさらに話を進めた。

「元文《げんぶん》三年（一七三八）のお生まれの永朝様はただ今四十一歳を迎えられた働き

盛りにございます。ですが、正直申して、幕府老中職を務められた初代の涼朝様ほど鋭敏なお殿さまではございません。安永三年（一七七四）から奏者番を務めておられまして、ただ今は在府中にございます。江戸からの噂によりますと、永朝様側近は永朝様の寺社奉行職を狙っておられるとか。これには大きな金子がかかりましょうな」

彦左衛門は紅花専売制を内諾した永朝側の背景をこう説明した。

「むろん永朝様は紅花が藩の重要な物産ということは承知です。ただ、どこまでこたびの紅花専売を承知しておられるか、疑わしいかぎりです。それより永朝様のご側近は、江戸での猟官運動に金子がかかることばかりを気にしておられるとか。そのような永朝様周辺の気持ちを見越して、国家老舘野様と紅花奉行の播磨屋様は動いておられるのです。ともあれ、永朝様の来年二月の江戸御暇までの間に、舘野様、播磨屋様は紅花専売制を確かなものにしておかれるつもりと聞いております」

前田屋内蔵助が孤立無援に置かれている状況が磐音は理解できた。

「内蔵助どのともども、奈緒どのも押し込めにあっておられるのですね」

「うちでもそれなりの手を尽くして前田屋のことを探ってみました。するとどうやら奈緒様は、勘定物産方の手が入る直前に内蔵助さんの命で店の外に出られて、どこぞに姿を隠しておられることが分かりました」

「奈緒どのは内蔵助どのと別れて過ごしておられるのか」

「佐々木様、これは噂にすぎませぬ。舘野様のご嫡男桂太郎《ちゃくなんけいたろう》様が、寺参りに行かれた奈緒様に懸想してよからぬことを考えておられるとか。内蔵助さんはそのことをお考えになり、密かにどこぞに奈緒様の身をお預けになったと思われます」

「なんと」

頷いた彦左衛門が、

「前田屋も必死なら、播磨屋側も最後の詰めを焦っておられる。そんなところに佐々木様が山形にお入りになった。前田屋の評定所嘆願が効を奏しての佐々木様の山形入りかと私が考えたとしても、不思議ではございますまい」

と最上屋彦左衛門は再び磐音の密偵説を口にした。

「もはやそれがしの立場はお答えしました。それがしの願いはただ一つ、奈緒どのがお幸せにあることにござる」

「どうなされるおつもりですか」

「ただ今のところ、なんの手立ても思い付きませぬ」

「佐々木様、奈緒様がお幸せになるためには、前田屋が紅花商人としての地位と立場を取り戻すことがただ一つの道ですよ」

　彦左衛門が焚き付けるように言った。

「それがし、山形藩の政争に介入するつもりはござらぬ」

「ですが、それでは奈緒様の苦しいお立場は変わりようもございますまい」

「ふうっ」

　と磐音が息を吐いた。

「山形に到着されたばかりの佐々木様に、面倒なお話をお聞かせしてしまいましたな」

「いえ、奈緒どのの置かれた立場を知ることができ申した」

「最後に一つだけ申し添えておきます。最前申した舘野桂太郎様は、無外《むがい》流の剣術と林崎夢想《はやしざきむそう》流の居合いの達人。近頃では大人しくされておりますが、数年前までは城下で乱暴者として知られておりました」

　そのような者が奈緒に懸想したというのか。

「近頃、父の跡目を継ぎたければ城下の悪所に出入りするようなことはやめよとの厳命が下って、大人しくしておられるとか。この桂太郎様が播磨屋様と密かに繋がっておられて、紅花の専売制を裏で強力に推し進めておられるのです。桂太郎様は藩政刷新組と名乗る徒党を組んで、山形の夜を支配しております。前田屋内蔵助さんの命を受けて江戸に向かった番頭、手代を始末したのも、桂太郎様率いる剣術仲間の藩政刷新組にございます。いわば野犬の群れに等しき集まり。佐々木様、お気を付けくださいまし」

「承知仕った」

と磐音は礼を述べた。

三

最上屋の蔵座敷で彦左衛門とともに夕餉を食した磐音は、旅籠の座敷に戻る前にふらりと夜の山形城下に散策に出た。

彦左衛門から知り得た前田屋内蔵助を取り巻く環境には厳しいものがあった。その話を独り整理したいという思いで町屋を北に向かうと、堀端に出たのだ。

堀の向こうに二の丸東大手門が見えた。しばし堀端に立ち止まり、

(奈緒はどのような思いでただ今の境遇に耐えているのか)

とその心中に想いを馳せた。

土手の一角から清水でも湧いているのか、その辺りで薄黄色の光が群れ遊んでいた。

螢《ほたる》だ。

大手門衛士《えじ》の交代か、提灯の灯りがちらちらして人影が動くのが見えた。

磐音は東大手門から東に向かい、町屋に入った。お店の前では縁台に蚊遣りを燻《くゆ》らして夕涼みをしている人たちがいた。そんな光景を眺めながらさらに進むと、不意に高札場《こうさつば》のある辻に出た。

辻の角地にある黒漆喰《くろしっくい》の土蔵造りの二階家が、表戸がぴたりと閉ざされて竹矢来で厳重に塞《ふさ》がれていた。

前田屋だ。

（奈緒が嫁いだ家か）

磐音が軒下を見上げると、朱に金文字で紅花問屋前田屋の文字が読み取れた。間口二十五、六間はありそうで、奥行きはさらに深く感じられた。辻に面した店を竹矢来が囲み、それが裏へと続いている様子があった。

磐音は前田屋の裏へと回り込んだ。幅一間ほどの路地にも竹矢来が伸びて、裏戸だけが開閉できるようになっていた。蔵屋敷の屋根も見えた。

前田屋の奥内から光が洩れて人声がした。

磐音は路地奥に入り、闇に身を潜めた。

「よいか、猶予は半刻（一時間）じゃぞ。忘れるな」

役人らしき声がして、木戸がぎいっと開いて背負い籠《かご》を担いだ女衆が姿を見せた。女衆は裏戸の中にぺこりと頭を下げると、磐音が潜む路地の暗がりに歩いてきた。

陽が落ちて買い物に出るのか。

年配の女衆は磐音の前をすたすたと通過していった。

磐音が間をおいて女衆を追おうと考えていると、路地に、ふわりと三人の武士が現れた。彼らもまた女衆を尾行するようだ。

磐音は闇に溶け込み、息を凝らして若侍ら三人をやり過ごした。そして、間をおいてその三人を追跡する格好になった。

先を行く女衆は、町屋の裏通りにある油屋で油を買った様子があった。さらに魚屋で塩引きの魚を購《あがな》い、三軒目に向かった。

若侍らは無言のまま女衆をひたひたと監視していく。

女衆が前田屋を出た奈緒と連絡をとると思い、尾行しているのではあるまいか、と磐音は推量した。

女衆は町屋を離れて城下外れに出た。すると三人の若侍らに緊張が走った。

「おい、いつもとは道が違いはせぬか」

「違うな」

「前田屋の内儀の隠れ家に行く気か」

ひそひそ声が風に乗って磐音に届いた。やはり奈緒の隠れ家に向かうと思い、三人は尾行していたのだ。

磐音は城下の中心から北に幾分外れていると推測を付けた。

籠を背負った女衆の歩みは速くなり、三人の若侍の草履《ぞうり》の音が慌ただしくなった。すると舌打ちが響いてきた。

「高野《たかの》様に釘《くぎ》を刺されたで近道をしたのだ」

「いつもの百姓家で野菜を求めるのだな」

「間違いない」

女衆は防風林に囲まれた百姓家の長屋門で止まった。すると女衆の来るのを待ち受けていた者がいたと見えて、押し殺した話し声が聞こえてきた。

磐音の耳には内容まで聞き取れなかった。だが、若侍らの緊張が薄れたところを見ると、いつもの日課が繰り返されているらしい。

女衆が再び重そうに籠を背負い、来た道を引き返し始めた。

若侍も磐音も女衆をやり過ごし、再び女衆、若侍三人、磐音の順で城下へと戻っていった。

女衆は不意に方向を転じた。

町屋の一角にある山門から広大な境内に入ると参道を進み、本堂の前で籠を下ろして手を合わせ、何事か祈念した。長いお祈りだった。

若侍らは山門下にいて、

「今宵も無駄足か」

「前田屋のことだ。恋女房を城下に潜ませるものか」

「桂太郎様の妄念にはうんざりじゃな。他人の内儀ばかりを漁る癖はなかなか直らぬものだな」

「あれは病だ、死ぬまで治らぬ。われら、秋元家の家臣、このような役目のために禄《ろく》を食《は》んでおるのではないぞ。ご免蒙《こうむ》りたい」

「とは申せ、桂太郎様の勘気に触れると半殺しの目に遭う。なにが藩政刷新組か。

「言うな、庄五《しょうご》。寂しゅうなるわ」

磐音は山門下の石柱に長源寺の文字が刻まれているのを見た。前田屋の菩提寺だ」

「ご家老と播磨屋に狙われた前田屋は浮かぶ瀬もあるまい」

磐音は無遠慮に会話する若侍の声を聞きながら、遠く本堂の前で祈り続ける女衆の小さな後ろ姿を見ていた。

月明かりが、祈る女の背を朧《おぼろ》に照らしていた。

女衆が合わせていた手を解くと、かたわらに置いた籠を取り上げようとして奇妙な動きを見せた。手の中に隠し持っていた結び文かなにかを、賽銭箱《さいせんばこ》の後ろの闇に向かって投げた、そんな様子が感じられた。

だが、若侍はその行動を見落としていた。

女衆がひたひたと山門に戻ってきたのをやり過ごした若侍らが、最後の尾行を開始した。前田屋を出て、半刻が過ぎようとしていた。

女衆が前田屋に戻るのは間違いなかった。

磐音は長源寺に残った。

女衆がだれかとの連絡《つなぎ》の文を投げたのか。それとも磐音がただ手の動きを見間違えたか調べるつもりで、山門下にじいっと潜んでいた。

時が流れていく。

蚊がぶんぶんと飛び回り、磐音の手や額を刺した。だが、磐音はじいっと耐えていた。

女衆が立ち去って四半刻《しはんとき》（三十分）が過ぎたか。

薄い月が雲間に隠れて境内を闇が覆った。

磐音は山門から本堂へと闇を伝い、近付いて行った。すると再び雲間から月が顔を覗かせて、朧に照らされた本堂前を人影が横切った。

磐音が動こうとした瞬間、別の影が最初の人影を取り囲んでいた。二番手の影は四、五人だ。

「やはりここで連絡《つなぎ》をつけておったぞ」

悲鳴が上がった。若い女の声だ。

「女、なにをしておる」

「夜参りでございます」

「夜参りとのう。手にしたものはなんだ」

「なにも持ってはおりませぬ」

男らの声は秋元家の家臣とも思えず、粗野が漂っていた。一方、若い娘は狼狽《ろうばい》しながらも言葉遣いは丁寧だった。身に躾《しつけ》が備わっている応答だった。

「まあ、よい。そなたの体にじっくりと問う」

「小野田《おのだ》、順番はどうする」

ふざけた笑い声が辺りに低く響いた。

「そなた、この女を味見しようというのか」

「反対か、おぬし」

「おれが最初なら承知した」

下卑《げび》た笑い声がまた起こった。

よからぬ相談をし始めた浪人らの足元を、娘が必死に擦り抜けようとした。

「そうはさせぬ」

浪人者の一人が娘の襟首《えりくび》を摑もうとした。

「お待ちあれ」

磐音の声が長閑《のどか》にも響いた。

「おのれは」

「通りすがりの者です。お城下で乱暴狼藉《ろうぜき》はおやめください」

娘の襟首を摑もうとしていた浪人が仲間に合図すると、手際よく、
さあっ
と磐音を取り囲んで、野犬の群れと思しき浪人らが抜刀した。

「藩政刷新組の面々ですか」

「通りすがりなどとぬかしおったが、胡乱《うろん》な奴じゃぞ」

「鷺田《さぎた》氏、こやつを先に始末しようか。斬り捨てても構うまい」

磐音は包平《かねひら》を峰に返した。

「参られよ」

「われら五人に向かい、こやつ一人で刃向かう気か。増上慢《ぞうじょうまん》も甚だしいわ」

娘の襟首を摑もうとした鷺田某《なにがし》が、磐音に向かって、踏み込みざま、逆八双《ぎゃくはっそう》の剣を振り下ろしてきた。

夜風を鋭く斬り裂くなかなかの刃風だ。

磐音はその刃から逃げようとはせず、反対に背を丸めて飛び込んでいた。包平の峰が鷺田某の胴に、
びしり

と決まり、石畳から玉砂利に転がしていた。
「やりおったな」
「押し包んで殺せ」
一気に乱戦になった。
磐音はただ力任せに押し包んで剣を遣う四人の浪人らの間を、
するりするり
と路地を吹き抜ける春風のように駆け抜けた。すると磐音が通り過ぎた後に、
ばたばた
と四人が倒れ伏していった。
一瞬の早技だが、相手をした浪人らはなにがなんだか理解がつかないまま打撃を受けて、その場に転がされていた。
磐音は騒ぎの間に娘が姿を消したことを確かめた。となると急ぐ要もない。
「藩政刷新には山形藩ご家中の方々しか携わることはできぬ。そなたらのように浪々の士が首を突っ込むのはお門違いじゃ」
「おのれ」
と言いつつ五人の頭分の鷺田某が後退《あとじさ》りをして、磐音との間を取ると立ち上が

った。

「藩政をうんぬんするそなたは何者か」

「江戸は神保小路にある直心影流尚武館道場、佐々木磐音と申す」

「なにっ、尚武館の道場主は佐々木玲圓であろうが」

「鷺田どの、養父の名をご存じか。それがし、養子にござってな」

と長閑にも名乗った磐音の語調が厳しく変わった。

「お手前方、この次に遭う折りは、それがし峰に返さずお相手仕る。覚悟なされよ」

「許せぬ」

と捨て台詞《ぜりふ》を残して五人は長源寺の本堂前から姿を消した。そして、磐音独りがその場に残された。だが、どこからともなく別の人物が磐音の行動を見詰めている様子があった。

磐音は包平を鞘に納めると本堂に向かい、夜分信心の場を騒がせたことを詫びて合掌し頭《こうべ》を垂れた。

戦いが終わった本堂前に蚊が押し寄せてきた。

「前田屋奈緒どの、江戸より佐々木磐音が参りました。そなたの危難なんとしても打ち払う所存にござれば、しばし艱難辛苦《かんなんしんく》に耐えてくだされ」

と声を出して願った。すると本堂の中に灯りが灯り、
ぎいっ
と閉ざされていた扉が中から開かれた。するとそこに住職と思しき僧侶が立って磐音を見下ろしていた。

「境内をお騒がせ申し、恐縮至極にございます」

「佐々木磐音どの、庫裏《くり》で茶なと差し上げたいが、いかがかな」

「頂戴いたします」

「初めてのお方に庭伝いに庫裏に行けと言うても、この闇では面倒であろう。脱いだ草履を手に愚僧に従われよ」

「ご配慮痛み入ります」

磐音は命じられるままに草履を脱ぎ、裏合わせにして懐に入れると階段を上がった。

磐音は回廊から本堂に入る前に包平を腰から抜き、手に提げると本堂に足を踏み入れた。行灯の灯りに静かな笑みを湛《たた》えた阿弥陀如来が磐音を迎えた。

磐音はその場に座すと合掌して頭を垂れた。

庫裏で対面した僧侶は果たして長源寺の玄拳和尚《げんけんおしょう》その人であった。

「佐々木どの、そなた、あの不逞の浪人相手になぜ名乗られたな」

「和尚、名は浮世の虚名と存じております。虚名が少しでも無益な殺生を阻止しうるのであれば、それも功徳の一つと考えました」

「面白い。じゃがそれだけの理由か」

「今一つ、いずれそれがしの山形入りは知れ渡ること。あれこれ詮索される前に自ら名乗っておきました」

「それも無駄な騒ぎを減ずるためかな」

「そうなれば愚策も生きるというものですが」

「佐々木磐音どの、前田屋のお内儀奈緒様とはお知り合いのようじゃな」

「それがしの許婚にございましたゆえ、幼い時よりよう承知しております」

「なんと言われたな」

磐音は長源寺が前田屋と深い縁があることを察していた。

最前、参拝した本堂のあちらこちらに前田屋の名があることを見ていた。それは本堂普請《ぶしん》や改築の折りに前田屋が多額のお布施をしたことを意味していた。

「内蔵助どのにも一度だけお目にかかったことがございます」

玄拳和尚が、

「長い夜になりそうな」

と呟くと自ら茶を淹《い》れて磐音に供した。

「ご造作をおかけ申しました」

磐音は両手で茶碗を抱えると喉の渇きを癒した。そして、この日、二度目の物語を玄拳和尚に語った。

自らも、この夜の行動は拙速に過ぎると承知していた。だが、磐音には江戸を長く不在にすることは許されなかった。前田屋と奈緒に降りかかった騒ぎの決着を一気に付けねば、田沼意次一派の魔の手が西の丸家基に伸びることになる。

「なんと、奈緒様の身にはそのような悲劇の数々が降りかかっておりましたか」

と和尚が嘆息した。

「大飢饉に見舞われたのは、なにも山形藩だけではございませぬ。出羽陸奥一円の大名諸家、一様に飢饉に見舞われ、藩財政が逼迫《ひっぱく》しており申す。山形は所帯が小さいゆえ、工夫次第で立て直しの策も諸々ございましょう。それが山形には金のなる木の紅花と青苧があるばかりに、奇妙なことを考えられた御仁が現れた」

「首席家老舘野十郎兵衛忠有様ですか」

「いかにも、大坂屋敷で知り合うた播磨屋三九郎様を商人から山形藩の家臣に、紅花奉行に登用なされたところから、藩の騒ぎが始まっております」

磐音は最上屋に聞かされておよそ承知していた。

「和尚、それがし、奈緒どのの身を案じております」

「奈緒様の身が幸せに戻るということは、取りも直さず前田屋の復活であり、山形藩の内紛の決着を意味しますかな」

「そのように上手《うま》くいく方策がございましょうか」

玄拳和尚がしばし沈思した。

「前田屋は日夜藩士の方々が見張っておりますれば、佐々木様と内蔵助様との面談は叶いますまい」

「いささか訝《いぶか》しゅう思うことがございます」

「なんでございますかな」

「舘野家老や播磨屋紅花奉行らは、前田屋を商い停止に追い込みながら、なぜ竹矢来で囲んだだけで手を拱《こまね》いておられますので」

「ふうっ」

と和尚が嘆息した。だが、その口から答えは聞けなかった。

磐音が問いを変えた。

「奈緒どのがどちらにおられるか、和尚はご承知ですか」

「いや、愚僧は存ぜぬ」

和尚は首を横に振り、

「山形城下や界隈におられぬことは確かにございますよ。前田屋内蔵助様は一代で前田屋を立て直したお方、慎重の上にも慎重に考えて動かれるお方にございましてな。山形では、主君の仇《あだ》を見事に討った大石内蔵助様の名に重ねて、大石内蔵助か前田屋内蔵助かと比べられるほどの評判の人物です。そう易々と舘野様方の策には落ちませぬよ」

と磐音には理解のつかない言葉を吐いた。

「前田屋内蔵助どのはどのような手で、首席家老の舘野様方に抵抗しておられるのですか」

「佐々木様、紅花商いには最上義光様の時代から、栽培農家、紅花商人、京の紅花問屋を密に契る文書《もんじょ》が伝えられております。この文書を紅花文書といい、これなくば、いかに藩が紅花の専売を強行なされようと商売は叶いませぬ。内蔵助様は奈緒様を家から出されるとき、奈緒様にこの紅花文書を託されておられるのでございますよ」

と玄拳和尚が最前の磐音の疑問に答えた。

四

磐音は奈緒の姿を捉えていた。だが、磐音が手を差し伸べれば奈緒が遠のき、小さくなっていった。

「奈緒、待ってくれ。磐音じゃ、そなたを助けに参ったぞ」

と叫ぼうとしたが声が出なかった。

奈緒の姿が段々と遠のいていく。

「ま、待ってくれ」

ようやく喉から声を絞り出すと、奈緒が気付いたか、ふうっと顔を振り向かせた。

なんと、奈緒の顔はのっぺらぼうで目鼻がなかった。

(奈緒、どうした)

磐音は息苦しくなって目を覚ました。二階座敷の蚊帳《かや》の中まですでに夏の光が射し込んでいた。体じゅうに寝汗をかいている。

賑《にぎ》やかな売り声とそれに掛け合う女の声が表から響いてきた。なにか朝市でもやっている様子だ。

刻限は五つ（午前八時）か。

磐音は蚊帳を出ると手拭いと下帯を持って階下に下りた。すると玄関に最上屋の番頭の宇吉《うきち》が立って表を見ていた。やはり七日《なぬか》町の通りでは朝市が開かれていた。

「おや、起きられましたか」

「すまぬ、寝過ごしてしもうた。連れはどうしたかな」

「町を見物してくると出かけられました」

「賑やかじゃな」

「最上様の時代から、城下の町屋は縦横に二日町から十日町まで区分けされております。町名に合わせて市が開かれるのでございますよ。これは商人の町として町屋を大切になされた最上様のお考えが今も城下に残っている証《あかし》にございましてな。城下の最も東には、御免町の桶《おけ》町、檜物《ひもの》町、銀《ぎん》町、蠟燭《あかし》町など職人衆が住む町がございます。町屋の中心の商人町は三の丸と御免町の間にどーんと神輿《みこし》を据えているのでございますよ。うちは七日町ですから、七の日市です」

と宇吉が寝起きの磐音に説明してくれた。

「最上氏は商いを大事になされた殿様でしたか」

「徳川の御代が到来して、義光様は武から商の時代に変わると見抜かれた殿様でした。二日町から十日町までそれぞれに町の特徴を持たせたのも義光様の発案とか。例えば八日町は、湯殿山大権現参りの旅籠町として栄えるように町造りをされたために、今もこの季節、毎日数千人の行者が陸奥津軽方面から参られましてな、賑わっております」

最上氏以後、今もくるくると転封入封を繰り返す大名家より、山形の町造りに大きな影響を持ち、武威を誇った最上義光に城下の人間が親しみと尊敬を持っていることを悟らされた。

「この界隈の七日町は京の商人衆が滞在なさる上町筋でしてね、今も昔も山形は最上様の城下の中心にございますよ」

と宇吉が胸を張り、さらに磐音に説明を続けた。それによれば、最上氏のもとで市日が設けられ、商業活動を重視したおかげで、山形一円は常に活気に満ちて物資が流動したという。

だが、栄枯盛衰は世の習い、実高百万石の威勢を誇った最上家も、義光の没後わずか八年で一族の間に不和が生じて、改易の憂き目にあった。

以来、百五、六十年の歳月が過ぎ、譜代大名と外様《とざま》大名がいくつも入れ替わって、大藩山形は、わずか六万石の小大名の地位に甘んじていた。

「佐々木様、大きな声では申し上げられませんが、ただ今の秋元家の実高六万石には仕掛けがございます。城付きは二万石、城下周りで一万五千石の都合三万五千石だけでございましてな。あとは遠国の河内《かわち》に二万石、武蔵《むさし》川越に五千石の飛び地を合わせて都合六万なのですよ。私どもは秋元様のご領地の河内がどこにあるか知りません」

と宇吉が首を振った。

そのような事情の中、紅花の専売制を首席家老の舘野と紅花奉行の播磨屋らは強行しようとしていた。最上氏以来の商人衆や町衆の抵抗が激しいのは余所者の磐音にも理解がついた。

陽に雲がかかったか、通りに影が走った。だが、すぐに白く強い光が戻ってきた。蝿《はえ》が表通りから最上屋の広土間に飛んできた。

「番頭どの、すまぬが湯殿か井戸端を使わせてもらえぬか」

「湯を沸かしますか」

「その要はござらぬ。水にて十分にござる」

「今朝方、お戻りの様子でございましたそうな」

「造作をかけたな。長源寺の玄拳和尚と話し込んで、つい時を忘れた」

「おや、佐々木様は玄拳様とお知り合いでございましたか」

「なあに、偶然境内に紛れ込んで知り合うたのじゃ」

磐音は宇吉にこのようにあっさりと説明し、

「それはよいお方と知り合いになられました。和尚様は話し好きですから、長談義になっても不思議はございませんな」

と宇吉もこう答えていた。

磐音が最上屋に戻ったのは八つ半（午前三時）の頃合いであった。

「ささっ。こちらへ。水風呂でよければ湯船にいつでも水が張ってございますよ」

と宇吉に案内されて磐音は湯殿に行った。

京、江戸の紅花商人が滞在するという最上屋だ。湯殿は総檜《そうひのき》造りで広々としていた。

　磐音は湯船に張られた水を手桶で何杯も被り、江戸からの旅塵《りょじん》を洗い流した。下帯を替え、おこんが持たせてくれた単衣《ひとえ》に袖《そで》を通すと、気持ちが清らかに蘇《よみがえ》った。

　囲炉裏端《いろりばた》に行くと女衆がすぐに茶を供してくれた。

「すまぬな。このような刻限まで眠り込み、迷惑をかける」

　女衆は寡黙にも、なんのことがございましょうと応ずると、磐音の膳部を用意してくれた。挙措が田舎臭《いなかくさ》くないのは、山形が、最上川舟運と酒田湊を拠点にした西廻り航路で京に深く結び付いているせいか。

　最上川舟運で運ばれてきた塩引き鮭と、野菜の煮付けに味噌《みそ》汁に香の物の膳は豊かで、白いご飯が光っていた。

「お女中、馳走になる」

　膳に向かって合掌した磐音はまず味噌汁を味わい、

「おお、これはそれがし好みかな」

　と呟くと、膳を前にしたときのいつもの磐音に戻り、食を楽しむことに没頭した。

三杯お代わりして満腹した磐音は、茶を喫してようやく囲炉裏端の周りに注意がいった。すると女衆が台所から磐音の無心の食いっぷりを呆れ顔で見ていた。

「美味しゅうござった」

「お客人ほど食べ物を愛おしくお食べになる方はございませんよ」

年かさの女衆が笑った。

「食べ物を前にすると、子供の頃からそれしか念頭にないのじゃ。母者《ははじゃ》から、ちと周りを見ながら食されよと、よう注意を受けた」

「ほっほっほ」

と女衆が笑い、

「佐々木様と母上様の会話する姿が目に浮かびます」

と言った。

磐音の視線が土間から板の間の奥に行った。するとそこに園八と千次が控えていた。

「おおっ、そちらにおられたか」

食べ物を前にしたときの磐音が子供のように変身することを、道中すでに承知の二人だった。

「未明にお戻りでございましたな」

と園八が険しい表情で訊いた。

「起こしたのではないか」

「そんなことはどうでもようございますが、なんぞありましたか」

「園八どの、千次どの、囲炉裏端にお寄りなされ」

と招くと、千次がまず磐音の膳を台所に運んでいき、年かさの女衆が磐音らの茶を淹れ替えてくれた。

刻限も刻限だ。

台所に接した囲炉裏には磐音らの他に滞在の客はいなかった。

磐音は二人に、最上屋の主から聞き及んだ話から長源寺の玄拳和尚に出会った経緯までを、一夜の冒険譚《たん》として語り聞かせた。

「山形城下に到着したばかりというに、八面六臂《はちめんろっぴ》のお働きにございますな」

「お働きもなにも、流れでこうなってしもうた」

「わっしら、安穏と眠り込んでいたのが恥ずかしゅうございます」

と苦笑いした園八が、

「これで奈緒様が無事におられることがはっきりいたしました。佐々木様が眠い思いをされた甲斐があったというものです」

　磐音が頷くと、

「こたびの騒ぎの白黒をつけそうなのが、紅花文書でございますね」

「それを奈緒どのが携えているとしたら、舘野一統も必死で奈緒どのの行方に関心を持つはずじゃ」

「そこに綻《ほころ》びが生じて、わっしらが付け入る隙《すき》があるとよいのですが」

　と答えた園八に、

「そなたらも城下見物をしてきたようだな」

「前田屋様のお店も遠目に見て参りました。紅花大尽と吉原で伺っておりましたが、店舗も住まいもなかなか豪壮な構えでございますね。それだけに、竹矢来で囲まれているのが痛々しゅうございます」

「なんとものう」

「佐々木様のお許しがあれば、今晩にも竹矢来の中に忍び込んでみますぜ」

「ちと考えさせてくれ」

　と言う磐音の答えに頷いた園八が、

「わっしらは前田屋を見物した後、飛脚問屋に参り、江戸からの文はねえかと問い合わせました。すると四郎兵衛様から一通、それに佐々木様に宛てて表猿楽町のお方様から書状が届いておりましたが、そちらのほうはわっしでは受け取れません」

と自分たちの行動を説明した。

「表猿楽町からの書状とな。後で受け取りに参ろう」

と答えた磐音は、

「四郎兵衛どのから格別な指示がござったか」

と訊いた。

「いえ、四郎兵衛様が文を書かれたのが七日も前のこと、わっしが道中から出した文を読んでの返事でしてね、新しいことはございません。それより千次が佐々木様の足手纏いになってねえか、案じておられました」

と応じた園八が苦笑いし、

「ともあれ、紅花文書を奈緒様が持参されているとしたら、城方も前田屋側もこの文書を巡って必死の攻防が続きますね」

と話はまたそこに戻った。

「いかにもこの文書が、こたびの騒ぎの勝敗に決着をつけそうじゃな」

「佐々木様、奈緒様は山形城下に潜んでおられましょうか」

「つらつら考えたが、内蔵助どのは慎重が上にも慎重なお方のようだ。おそらく城下には潜んでおられまい。山形から一日か二日の行程の在所に隠れておられるように、玄拳和尚と話していて感じた」

「その和尚、奈緒様の隠れ家を承知でしょうか」

「はて。もしご存じならば、その時が来れば和尚のほうから話されるような気がする。昨夜《ゆうべ》はわれら、初対面で挨拶を交わしただけであったからな」

「いえ、佐々木様のお人柄はすでに和尚に伝わってますよ。そうでなければ紅花文書のことまで佐々木様に話されるものですか」

磐音は園八の言葉にただ頷いた。

「佐々木様、本日のご予定はどうなされますな」

「それがし、まず速水様の書状を受け取り、速水様からご紹介のあった先代藩主涼朝様の重臣久保村光右衛門様に面談するつもりだ」

「ならば千次を供に願います。わっしは紅花奉行の周辺に探りを入れてみます」

と園八が手際よく応じた。

「なにかあれば連絡《つなぎ》の場所はこの最上屋といたそうか」

磐音と園八の間でその日の行動が決まった。

二階座敷に戻った磐音は外出の仕度をした。

先代涼朝の重臣であった久保村光右衛門に会うために、白絣の単衣の上に袴《はかま》だけを付けた。豊後関前藩士であった頃から着込んだ道中羽織は旅塵に汚れているので、着用を諦《あきら》めた。相手もまた隠居の身、ならば非礼を許してくれようとも考えた。

腰に脇差《わきざし》と白扇《はくせん》を差し、包平を手に階段を下りようとすると、階下から怒声が響いてきた。

「番頭、この家に公儀隠密《おんみつ》が滞在しておろう」

「そのようなお方は泊まっておられませぬが」

番頭の宇吉が応じる様子があった。

「黙れ黙れ、調べは付いておるのだ。佐々木磐音なる者が投宿しておらぬと申すか」

「佐々木様はご滞在にございます。ですが、公儀隠密とは承知しておりませぬ」

宇吉が抵抗していた。

「座敷はどこか」

「二階にございます」

という宇吉の声が終わるか終らぬかに、どどどっと土足で玄関土間から板間に飛び上がった武士数人が、階段に足を掛けて二階に立つ磬音に気付いて、動きを止めた。

「村井《むらい》様、土足は困ります」

と言う宇吉を押し退《の》けた一人、村井が、

「そのほうが佐々木磬音か」

と詰問した。

「そなた様は」

磬音の声はあくまで長閑に最上屋に流れた。

「国家老舘野十郎兵衛様が家来村井雪之丞《ゆきのじょう》である」

「国家老どのの家来といえば、秋元様陪臣《ばいしん》でござるか」

「おのれ、陪臣と蔑むか」

「なんぞ御用にございますか」

「詮議《せんぎ》ありて番所に引っ立てる」

「詮議とはまた仰々しい。どのようなお疑いにございますな」

「公儀密偵の廉《かど》である」

「それがし、江戸の町道場の養子にござれば、そのような嫌疑、いささか迷惑に存ずる」

「同道せぬと申すか」

「いかにも」

村井雪之丞がいきなり抜刀すると剣を立て、階段を踏み締めて上がってきた。

「おりゃ！」

立てられた剣が磐音の足元を掬うように引き回された。

磐音が、
ふわり
と飛び上がったのはその瞬間だ。引き回された刃を躱すと、前帯に挟んでいた白扇を掴み、
発止！

と村井の顔目がけて投げ付けた。扇の要《かなめ》がびしりと村井の片目に当たり、腰を浮かせた相手が背から階段下に転げ落ちていった。

磐音は階段をゆっくりと下りた。投げ付けた白扇を途中で拾い、仲間に助けられるように階段下から引き下がった村井を確かめつつ、階下の板間に立った。すると土間に若草色の羽織を着た若い武家が立って磐音を睨んでいた。

歳の頃は二十六、七か。

額に浮かんだ青筋が、家来の失態に怒気を表していた。

「佐々木磐音じゃな」

「舘野桂太郎どのか」

二人は玄関の板間と土間、一間半で睨み合った。

癇性《かんしょう》を細面に見せた桂太郎の眼光が、血を帯びたようにらんらんと光っていた。反対に、磐音の相貌《そうぼう》は静かに水を湛えた湖水のようにひっそりとしていた。

「そのほう、何用あって山形入りいたした」

「物見《ものみ》遊《ゆ》山《さん》にござる」

「なにっ、直心影流尚武館の養子が物見遊山じゃと」

「山形には湯殿山詣でやら最上川の川下りやら、見物するところがいろいろございますそうな」

磐音の答えはあくまで物静かだ。

「おのれ、誑《たぶら》かすか」

桂太郎の腰が据わり、大刀の柄《つか》を腹前に寝かせた。

「そなた、林崎夢想流の居合いを遣うそうな」

機先を制するような言葉の礫《つぶて》を投げると、磐音は手にした白扇を右手にゆっくりと構えた。

じりじりと間合いを詰める桂太郎に、

「桂太郎様、お待ちを」

と表から飛び込んできた若侍がその耳元に何事か囁いた。すると舌打ちした桂太郎が、

「命冥加《いのちみようが》な奴よ、しばらく預けおく」

と吐き捨てると、踵《きびす》を返して七日町の通りに飛び出していった。

第四章　籾蔵辻の変

一

江戸は猛暑に包まれていた。だが、夕暮れ時に、
そよそよ
と吹く風に、そこはかとない涼気を感じることもあった。
神保小路尚武館道場の長屋門の下で白山が寝そべる姿も当たり前の風景として住人の目に定まり、他家のお女中衆が外出の折り、
「白山、元気なの。もうすぐ秋が戻ってきますよ、しばらくの辛抱ですからね」
などと足を止めて声をかけていく。中には白山の頭を撫でていく中間《ちゆうげん》もいて、白山も人に声をかけられることが気に入っている様子があった。

この日、朝四つ（午前十時）を過ぎた刻限、尚武館道場から若い門弟の緊張した気合いが響いていた。今朝も今朝とて稽古の最後を締め括《くく》る若手だけの総当たり戦が佳境を迎えていたのだ。

神保小路の一番西口に位置する旗本五百石井戸家の飯炊きの新造《しんぞう》が使いに出て、尚武館の門番季助に、

「今日は、白山、起きて務めを果たしてるよ」

と声をかけた。

白山はそのとき、屋敷のほうに体を向けて、小首を傾《かし》げるようにしてなにかを気にしていた。

「番犬なら外を見張っているのが務めですよ。屋敷の中を気にしているようじゃ、まだ役目を果たしているとはいえませんよ」

と季助が答え、新造も、甲高い声に混じって透き通るような女の渋い声に耳を傾けた。

「おや、これは」

立ち止まった新造も思わぬ唄声に耳を欹《そばだ》てた。

「いちねんは　はるなつあきふゆ　四季がある
からすのなかない　日はあれど　主さんおもわぬ
日とてなし　あなたも思うか　わたしほど
さのさー」

「驚いた。尚武館から粋な端唄が流れてきたよ。季助さん、一体全体こりゃ、どうしたことだえ」

川向こうの深川から屋敷町に奉公に出て何十年にもなるという新造が目を丸くした。

「驚いたかい。うちのお内儀様とおこん様が、三味線の稽古を始められたんだよ」

「武骨で知られる尚武館に三味の調べかい。悪くないねえ」

「御城近くの屋敷町で聞く渋い声も偶にはいいじゃないかね」

「それもこれも、佐々木様のところにさ、若先生と今小町が入られて、奥が落ち着いたということだろうよ」

「いかにもそうだな」

飯炊きの新造が白山の頭を軽く撫でてから神保小路を東へと下っていった。

白桐の葉を掠《かす》めるように風が吹き抜ける佐々木家の母屋に、若い女師匠文字《もじ》きよと対座するおえいとおこんの緊張した姿があった。そして、廊下に三味芳六代目の鶴吉が自ら拵《こしら》えた三味線を抱えて、文字きよの渋い声に聞き惚れながら撥《ばち》を動かしていた。

歌詞を変えたさのさが三番続けて歌われて声が消えた。すると、

「ふうっ」

という溜息がおえいの口から洩れた。

「どうなさいました、お内儀様」

「鶴吉どの、お師匠の声を聞いたら五体に震えが走り、なんと無謀《むぼう》なことを願ったかと大いに悔いております。お師匠、鶴吉どの、頭がくらくらとしてどうにもなりませぬ」

「お内儀様、わっしも久しぶりに文字きよの声を聞きました。人ってのは変わらないようで、その実、しっかりと変わっているものですね」

鶴吉はその言葉とともに膝から三味線を下ろした。

この日、鶴吉が約束どおり端唄の師匠を伴い、尚武館の門を潜《くぐ》った。

鶴吉はでぶ軍鶏《しゃも》こと重富利次郎の願いを聞き届けたわけではあるまいが、同道してきた師匠は、おえいらが想像していたよりもずっと若い娘だった。驚くおえいとおこんに、

「いえね、お内儀様、おこん様、わっしが考えていたのは、文字きよのおっ母さんの文字梅《もじうめ》の大師匠でした。ところが、わっしが堀江六軒町の家を訪ねてみると、路地の奥から響いてくる三味線の音が若やいで聞こえましてね、おかしいなと思いながら訪《おとな》いを告げると、わっしと兄妹のように育ってきた文字きよが、鶴吉兄さん、遅かったよ、と目に涙を浮かべるじゃございませんか。わっしが草鞋《わらじ》を履いている間に、おっ母さんの文字梅は流行《はや》り病で亡くなったというんですよ。わっしが勝手をしたばかりに、実の母親のように慕っていた大師匠の死を看取《みと》ることもできませんでした。なんて、親不孝なことをしたかと思いましてね、仏壇に線香を手向けて詫びましたのさ」

鶴吉の思いがけない告白を、おえいとおこんは息を呑んで聞いていた。

「あっ、そうそう、こんな話をするためにこちらに来たんじゃございませんでしたね。わっしが文字きよにこちらの話をすると、鶴吉兄さんの頼み、おっ母さんに代わって私が務めとうございますとの返事でさ。それでこちらに文字きよを伴

ったというわけでございます」

　と鶴吉が、若い端唄の女師匠を伴った経緯《いきさつ》を告げた。

　おえいが鶴吉の説明に何度も頷き、

「文字きよ師匠、佐々木家にようおいでくださいましたな。そなたの母御の文字梅様には、若い頃、お浚《さら》いの会で一度お目にかかったことがございますよ」

「おっ母さんを承知でございましたか」

「端唄の世界で文字梅は、若い頃から名人上手の呼び声の高い師匠でしたからね」

「お内儀様、こりゃ奇遇ですね」

　と応じた鶴吉におえいが、

「わが屋敷は見てのとおりの武骨な剣道場でございます。私は二十数年前に手習いした程度、おこんに至ってはずぶの素人にございます。鶴吉どのが拵えた三味線で、大名人と謳《うた》われた文字梅の娘御を師匠に持つなど、恐れ多いことにございます」

　と尻込みした。

「いえ、鶴吉兄さんが自ら拵えた三味線をお内儀様に差し上げたのには、それなりの理由《わけ》があってのこと。端唄や三味線は、元々百姓衆が豊作を祈願したり、雨乞《ご》いをするときに掻《か》き鳴らしたものとも言われております。それが江戸に伝わり、下町の情緒に溶け込んで独特の唄世界を創り上げたものと、亡くなったおっ母さんに聞かされて育ちました。武家方の謡曲や能、狂言とは違いまして、お楽にお付き合いくださいな」

と応じた文字きよが、

「鶴吉兄さん、久しぶりに兄さんの三味線に合わせてようございますか」

と願ったのが、さのさだった。

おこんは鶴吉の三味線に年季が入っていることを承知していたが、おこんよりいくつか若いと思える文字きよの艶と張りのある声が、

「さのさー」

と最後にさの字に余韻を漂わせながら、ふわり、と投げ出すように歌い切ったとき、

「これが芸の凄味《すごみ》か」

と身が硬直した。

「養母上《ははうえ》」

おこんがおえいを呼んだ。おえいが呆然としていたからだ。

「おこん、私は大それたことを鶴吉どのに願うたようですね」

とおえいは何度も繰り返した言葉を重ねた。

「養母上、こんは覚悟をいたしました」

「どう覚悟なされましたな」

「なにがなんでも文字きよ師匠のお弟子になります」

「そなた、事もなげに言うが、これがどんなことか分かっておいでか」

「はい。私がいきなり尚武館に参り、養父上《ちちうえ》に直に弟子になりますと宣告したようなものにございましょう」

「喩《たと》えはどうかと思うが、まあそのようなものですか」

「芸の怖さが分かっておりませぬゆえの無謀です。ですが、養母上とご一緒に、文字きよお師匠のもとで精進しとうございます」

おこんは自らが弟子にならないかぎり、おえいが師弟の契りを結ばないと思ったのだ。

「おこん様、それでいい。町衆の芸事なんてと高を括ってもいけねえが、そう構えることはございませんよ。お内儀様、わっしの作った三味線で文字きよの相稽古を楽しんでください」

「それでよいでしょうか」

「お内儀様、武家方の知り合いが端唄を習いたいのだと鶴吉兄さんに言われて連れて来られたのが、尚武館道場でございました。こちらにお邪魔してびっくりですよ。今小町のおこんさんが佐々木家のお嫁様だと知り、さらに驚き桃の木山椒《さんしょ》の木にございます。私もお二方を弟子に持っていいものやら、最前から戸惑っております」

と文字きよが微笑《ほほえ》んだ。互いの遠慮ぶりとおこんの気持ちを見抜いた鶴吉が、

「文字きよ、お二人を頼む」

と職人らしく潔く言った。文字きよもまたあっさりと、

「畏まりました」

と受けた。

さすがのおえいも決断するしかない。

おえいとおこんが姿勢を改めて文字きよに、

「入門宜しくお願い申します」

と頭を下げた。

事が成ったことをかたちにするように、膝に置いていた三味線を再び鶴吉が抱えて撥を絹の弦に当てた。すると文字きよが、

「猪牙《ちょき》でいくのは　深川通い　上がる桟橋の　あれわいさのさ
いそいそと　客の心は　上の空　飛んでいきたい　あれわいさのさ
ぬしのそばー」

と三味線の調べに声を乗せた。

廊下に忍び足がして、稽古を終えた利次郎らが、鶴吉から一間ばかり離れたところにぞろぞろと座した。そして、唄声が途切れた頃合い、利次郎が障子の陰に隠れた文字きよの顔をそっと覗き、

「おっ」

と驚きの声を発した。

「これ、利次郎どの、不作法ですよ」

「おえい様、これは失礼仕《つかまつ》りました」

と言うと、座敷が見通せる廊下までごそごそ膝を進め、

「それがし、尚武館門弟の重富利次郎と申す。お師匠、以後お見知りおきください」

と武骨な挨拶をなした。

「これ、利次郎どの。たれが文字きよ師匠に挨拶をなせと言いました」

「おえい様、不作法と申されましたので、それがし、反省の上にかく名乗った次第にございます」

「ああ言えばこう言うとえらく饒舌《じょうぜつ》なのは、文字きよ師匠が利次郎どのの願いに叶《かの》うたお若い方だったからですか」

「真《まこと》にもって有難き幸せにございます。お若いばかりか、見目麗《は》しゅうござる。われら、門弟一同、文字きよ師匠のお見えになる日は門前を掃き清めてお待ち申しております」

と利次郎がにんまりした。

「あらあら、こちらには今小町のおこん様がおられるではございませんか」

「お師匠、おこん様は若先生の嫁様にございますれば、われらには遠く及ばぬお方です。失礼ながら、文字きよ師匠は独り身にござるか」

利次郎の厚かましさに文字きよが微笑んだ。

「重富様には、亡くなられた文字きよのおっ母さんがお似合いでしたかねえ。江戸の端唄の世界では、文字梅ならぬ、怒り梅だと評判の手厳しい大師匠でしてね、稽古の最中、撥が飛んできましたよ」

「鶴吉どの、大師匠はすでに鬼籍に入られたのでござるな」

「へえ」

「それがし、娘御の文字きよさんがようござる」

「利次郎さん、あなたが端唄を習うのではありませんよ。養母上と私のお師匠様です。お間違いのないように」

とおこんが釘を刺すところに、道場から玲圓と速水左近が姿を見せて、
さあっ
と緊張が走り、若い門弟たちが廊下の端に寄って二人に道を空《あ》けた。

「お父上、お見えにございましたか」

おこんも慌てた。

おこんが速水を父上と呼んだのは、佐々木家に嫁入りする前、短い間だが速水家に養女として入り、武家身分として磐音に嫁いできた縁があったからだ。

「そなたの亭主どののことでな、ちと玲圓どのと話をしておきたかったゆえ、道場に立ち寄ったのじゃ」

と応じる速水におこんが、

「わが亭主どの、息災にございましょうか」

「今頃、山形入りした頃かのう。どれほどあちらに滞在することになるか」

と玲圓と二人、文字きよらがいる隣の居間へ通った。

「こちらも、おこんが参ってなんとのう華やいだ雰囲気に変わったようじゃ」

「速水様、御城近くの剣道場が三味線の音を響かせては不謹慎にございましょうか」

おえいがそのことを気にした。

鶴吉も文字きよも、佐々木家の当主らが突然姿を見せたことで身を硬くしたままだ。

「竹刀の音に三味の調べが混じってよい雰囲気じゃ。神保小路の名物になるやもしれぬな」

と速水が磊落《らいらく》に笑い、

「お師匠様、鶴吉さん、上様御側御用取次速水左近様にございます」

とおこんが紹介の労を取った。

「娘のおこんの師匠ならば、父親のそれがしも挨拶せねばなるまいな。おこんと玲圓どのの内儀の手習い、宜しゅう頼むぞ」

と将軍家治の御近習《ごきんじゅ》に頭を下げられた鶴吉と文字きよが、慌ててその場に平伏した。

「おこん、登城の途中でこちらに立ち寄ったのじゃ。乗り物を門前に待たせておるが、ちと喉が渇いた。茶を一杯所望したい」

「これは気が付かぬことにございました」

とおこんが慌てて立ち上がろうとすると、廊下に早苗が茶の仕度をして立っていた。

「早苗さん、よう気が付かれました」

お盆を受け取ったおこんが速水と玲圓に茶を淹れて供した。

「暑い盛りには熱い茶がよいな」

速水が美味そうに茶を喫して、

「その昔、堀江六軒町に文字梅という名人が住まいしておったがのう」

と珍しいことを言い出した。

「殿様、文字梅は私の母親にございました」

「やはりそなたの母親であったか。なんとのう面影が似ておると思い、文字梅の名を口にしたのじゃ」

速水は文字梅と面識があったようだとおこんは感じた。

「三年前、流行り病で亡くなりました」

「そうであったか」

と懐《なつ》かしげに呟いた速水がおえいに向かい、

「よき師匠をお持ちになりましたな」

「速水様、皆様の話やら文字きよ師匠の唄声を聞いておりますと、空恐ろしくてなりませぬ。ほんとうによいのでしょうか」

と言い出し、

「養母上、私どもはすでに文字きよ様と師匠と弟子の契りを結んだのです。もうその言葉は繰り返されてはなりませぬ」

とおこんが言い切った。

「おえい様、おこん様、母から教え込まれた習い事の秘事がいくつかございます。その一つに、良い音を出せる人は、なに一つ教えなくとも良い音色を出せるという教えがございました。私、こちらに伺う道々鶴吉兄さんから、よい声をお持ちの方だと教えられました。鶴吉兄さんは世辞や嘘を言う人ではございません。お内儀様にお会いして、声の質が分かりました。何年か稽古をし直せば、きっと良い端唄が唄えるようになります」

と文字きよが言い切った。

「老いた鶯《うぐいす》が再び鳴けるでしょうかな」

それでもおえいは小首を傾げ、おこんはおこんで、

（どうやら難があるのは私のようだわ）

と内心呟いた。

二

山形藩秋元家初代但馬守涼朝に仕えた年寄久保村光右衛門実親は隠居後、双葉と号して城下の北の外れ、最上川の畔《ほとり》に庵《いおり》を構えて、晴耕雨読の悠々たる暮らしをしていた。

磐音は、

「末摘庵」

と扁額《へんがく》の掛かる藁葺《わらぶ》きの家に双葉を訪ねた。すると庭番の老爺が、主《あるじ》は川釣りに行っていると答えた。

磐音は釣り場を訊き、最上川の川岸に出てみた。すると流れに突き出した岩場に菅笠を被った老人がいて、筵の上に座して釣り糸を垂らしたまま、こっくりこっくりと居眠りしていた。

悠然たる太公望の頭上には椎《しい》の大木が葉を茂らせた枝を差し掛け、心地よさそうな緑陰を作って風に揺れていた。

磐音は高さ二丈余の岩場によじ登り、老人に静かに歩み寄ると、数間手前で足を止め、腰の包平《かねひら》を抜くと両膝を岩場について声をかけた。

「畏《おそ》れながら、久保村双葉様にございましょうか」

「うーむ」

と気持ちよさそうな眠りから覚めた老人が磐音を振り返って、

「いかにも双葉じゃが」

と穏やかな目を向けた。

着流しの古紬《こつむぎ》の腰に短刀を帯びているのが、秋元家の元重臣を現すただ一つの証《あかし》だった。

「それがし、江戸は神保小路尚武館道場の佐々木磐音と申します」

「おお、そなたが佐々木玲圓どのの後継どのか。速水左近様より書状を頂戴した」

　と応じた双葉がかたわらに置いた貧乏徳利と茶碗を指して、

「飲まれぬか」

　と問うた。

「陽も高うございますゆえ遠慮いたします」

「なに、酒はさほど好きではないか」

　双葉はそう言うと竿《さお》を岩場に置き、貧乏徳利を両の股《もも》の間に挟み、茶碗に酒を注《つ》ぐと、

「年寄りに礼儀作法は要らぬでな」

　と茶碗の酒を少しばかり舐《な》めた。

「そなたも膝を崩して胡坐《あぐら》をかかれよ。そのほうが気持ちがよいぞ」

「お言葉に甘えまして」

　磐音は緑陰の端に膝を崩して座した。すると磐音の頭上に木漏れ日が降りかかってきた。

「そなた、豊後関前藩福坂《ふくさか》様の家臣であったそうな」

「いかにもさようにございます」

速水が書状に記したのであろう。

磐音と対話しながら双葉は手の茶碗を口に運び、また少し舐めた。

「許婚《いいなずけ》の不幸を救わんと山形まで下向なされたとか。他意はないか」

「ございませぬ」

「なぜ他家に嫁いだ女子に憐憫《れんびん》をかけるな」

速水左近は書状に磐音のおおよその来し方を記しただけのようだと判断すると、奈緒と自らの別離を語ることがただ一つ、今の磐音と奈緒の関係を双葉に理解してもらう道だと考えた。

「前田屋内蔵助どのの嫁、奈緒どのは、いかにもそれがしの許婚にございました。われら二人の間を引き裂いたのは、藩政改革に絡む騒動にて、奈緒どのは不運な運命《さだめ》に弄《もてあそ》ばれたのでございます」

と前置きした磐音は、奈緒の変転の半生を川風に吹かれながら淡々と語った。

陽がゆっくりと傾いたとき、磐音の話は終わった。

「驚き入った話かな」

幕府の老中職も務め上げた豪儀な気性の凉朝に仕えた老人が、

「速水左近様よりの書状に、老中田沼意次どのの横暴に抗して西の丸様を密かにお守りしておるのが佐々木父子と記してきたが、その後継どのは風変わりな来歴をお持ちかな」

と独り感嘆するように呟いた。そしてしばし沈思した。

傾いた西陽が流れに反射して、小柄な老人の皺《しわ》が刻まれた顔を浮かび上がらせた。

「奈緒どのの不運を救うということは、取りも直さず山形藩の藩政に首を突っ込むことになるが、その覚悟、おありか」

「それがし、山形六万石の藩政に容喙《ようかい》する気は毛頭ございませぬ」

「じゃが、それでは奈緒どのを見舞うた悲劇は解消できまい。藩騒動に関わったそなたにはたれよりも察しがつこう」

「そのお答えをお教えいただきたくこちらに参りました」

「豊後関前では何人もの命が失われ、血が流された。この山形が直面しておる騒ぎは、福坂家の事情と似ておると思わぬか」

磐音はしばしの沈黙の後、頷いた。

「山形藩の政道を元に戻したくば否応《いやおう》なく命は失われ、血は流れる」

「それがし、その騒ぎに加担する立場にはございませぬ」

「それでは奈緒どのの運命は定まったも同然だぞ」

双葉が再び問いを重ねた。

「双葉様、奈緒どのを救う道は一つしかございませぬか」

「ない」

「それは山形藩のご政道を糺《ただ》す道にございましょうか」

「立場によるであろうな」

「藩主秋元永朝様のお立場ではいかが」

「舘野十郎兵衛様の策、紅花、青苧《あおそ》の専売制じゃが、前田屋ら紅花商人の既得権をないがしろにしたもので、ちと強引であることには違いない。だが、およそ改革とはそのようなものだ。痛みと犠牲を伴う」

磐音の問いには直接答えず、双葉は言った。

陽射しを見上げて時刻を確かめた老人は、茶碗を岩の上に置くと、垂れていた釣り糸を上げ、竹竿に巻き付けた。

「だが佐々木どの、その策を公儀に知られては山形藩の命とりになりかねぬ」

速水左近の書状は、磐音への助勢を願うと同時に山形藩の内紛を速やかに解決せよと、先代藩主の重臣に忠告していたのだ。

「双葉様、山形藩の取るべき道は事態の収束にございますか」

「速やかにして犠牲を少のうする方策があるやなしや」

と自問するように言った双葉が、

「山形藩の悲劇はのう、坂崎磐音がおらぬことだ」

「いえ、密かに藩政の混乱を憂える人士はきっとおられます」

「おるかのう」

と老人の呟く声が最上川の畔に流れた。

傾いた陽が黄金色に染まり始めていた。久保村双葉の顔も黄金色に染まった。

「佐々木どの、前田屋の嫁女が幸せになることは、前田屋の商いが旧に復することか」

今度は双葉が磐音に問うた。

「内蔵助どのに添う道を選んだ奈緒どのにございます」

「それしかないか」

「なんの罪科《つみとが》もない前田屋ら紅花商人から既得の権利を強引に取り上げるのでは、ご政道に反しましょう。またいくら藩政改革を旗印としても領民の支持は得られますまい。領民の理解なき改革はいずれ水泡に帰します」

と磐音が言い切った。

長い沈黙があった。そして、口が開かれた。

「秋元永朝様と山形藩に害があってはならぬ」

磐音は沈黙のままに頷いた。

「その上で、山形藩に巣食う鼠を退治せねばならぬ」

双葉が磐音のほうに身をよじり、顔を見据えた。西陽を背にした双葉の顔は暗く沈んでいた。

「佐々木磐音どの、奈緒どのを救いたければ手を貸せ」

「奈緒どのと前田屋を救うことと引き換えに、でございますか」

「いかにも」

二人はしばし互いの顔を見合い、腹の中を探り合った。

「それがし、豊後関前で関わった、血で血を洗う闘争を繰り返したくはございませぬ。その戦いが奈緒どのの不幸を生み出したのです。今また同じような哀しみが奈緒どのの身に振りかかっているのであれば、それがしの豊後関前での決着の付け方が曖昧であったということにございましょう。それがし、奈緒どのの身を守るために戦えと双葉様が命じられるなら、今一度覚悟を決めまする」

「よし」

と応じた双葉が筵の上にすっくと立った。思った以上に小柄だった。

「速水左近様は永朝様と面談なさると認《したた》めてこられた。もはや公儀は紅花の専売制を認めてはおらぬということだ」

磐音も立ち上がり、包平を腰に差し戻すと、釣り竿と貧乏徳利を手に持った。

「そなた、どこに泊まっておる」

「最上屋にございます」

頷いた双葉が、

「連れはおるか」

「吉原会所の者が二人同道しております」

「吉原とな。吉原会所も奈緒どのの身を案じておるか」

「奈緒どのは松の位の太夫職を務めた花魁《おいらん》にございます」

と吉原が二人を同道させた意味を説明した。

「江戸の考えること、山形では測り知れぬな」

と応じた双葉と磐音は釣り場から下りると、河原から最上川の土手に差しかかった。

双葉は飄々《ひょうひょう》とした歩みで斜面を登った。すると、土手の上から馬の嘶《いなな》きが聞こえた。

「佐々木どの、最上屋には使いを立てる。今宵、わが庵《いおり》に泊まれるか」

磐音は即座に承知した。磐音が先代藩主涼朝の宿老久保村双葉に会ったことで、すでに動きが出ているのだ。もはや手を拱いている理由はなかった。

土手から庵への野道を上がったとき、半丁ほど先の坂道の上に二頭の馬が繋がれ、その前に五人の武士が待ち受けていた。

その中に磐音の見知った顔があった。

首席家老舘野十郎兵衛忠有の嫡男桂太郎だ。

従者は、最上屋に飛び込んできた家臣らしき若侍一人と、浪々の剣術家らしき三人だった。

桂太郎らが悠然と坂道を下って来て、双葉と磐音の数間前で足を止めた。

「そのほうらは何者か」

双葉の凜然《りんぜん》とした問いには怒気があった。

「それがし、舘野桂太郎と申す」

「舘野とは、ご家老十郎兵衛どのの縁戚《えんせき》の者か」

「嫡男にござる」

ふむ、と頷いた双葉が少し語調を和らげ、問うた。

「なんぞ御用か」

「久保村様、公儀隠密と密談なされるなど、ちと軽率にございましょう」

「公儀隠密とはたれか」

再び双葉の応答に苛立《いらだ》ちが漂った。久保村は結構な癇癪《かんしやく》持ちかと磐音は推測した。

「その者にございます」

「こちらは、それがしの知人が紹介してくれた者でな。風に吹かれて釣り談義、剣術談義に花を咲かせておっただけのことよ。桂太郎どの、年寄りの行動を詮索なさるものではござらぬぞ」

双葉は激した感情を抑えて応じた。

「久保村様はすでに藩政から退《ひ》いておられる。そのこと、失念してはおられぬか」

「いかにもこの久保村、双葉と号して隠居して以来、城中に上がったこともない。せいぜい化城院《かじよういん》様の祥月《しようつき》命日に墓参するのが務めといえば務めの身。勘違いめさるな」

化城院殿休弦涼朝大居士《きゅうげん》なる先代藩主の戒名《かいみょう》を出して、桂太郎を牽制した。

「ふざけたことを。何刻にも及ぶ密談、いと怪しゅうござる。致仕《ちし》した者の行動とも思えぬ。老人、これ以上、公儀隠密などを傍《そば》に近づけると、安穏な隠居暮らしも終わると思われよ」

「戯《うつ》け者が」

と双葉が吐き捨てた。

「老人、そなたの時代は遠くに去ったのだ」

桂太郎も応じた。

後ろに控えていた剣術家がするすると、双葉の前に立ち塞がるように出てきた。

反対に桂太郎が後ろに下がった。

「舘野桂太郎、山形藩首席家老の嫡男の身を弁《わきま》えよ。そなた、野犬の如《ごと》き浪人らを従えて、なにをいたそうというのか」

「その口、災いをなす」

桂太郎が言うと、三人が抜刀した。

「双葉様、怪我をなさってもいけませぬ」

長閑《のどか》な声がして、片手に釣り竿、片手に貧乏徳利をぶら下げた磐音が三人の前に立った。

「お手前方、お引きなされ」

無言の内に三人は得意の構えを取った。

磐音は、正面で正眼に構えた武芸者が頭分《かしら》と睨んだ。右手の武芸者は切っ先を脇《わき》に流し、左手の髭面は八双《はっそう》に剣を立てていた。

磐音は釣り竿と貧乏徳利を持ったままの姿でひっそりと立っていた。

夕陽が山の端にかかったか、光が急に弱まった。

その瞬間、左手の八双の髭面が、気配も見せずに踏み込んできた。

磐音の右手に下げられていた貧乏徳利が、

くるり

と回されて手を離れた。それが黄昏《たそがれ》の光を受けて飛ぶと、踏み込んできた武芸者の顔面に、

がつん

と当たって砕けた。

「うっ」

と呻《うめ》いて相手の体が竦み、後ろ向きに倒れていった。

右手の脇構えが飛び込んできた。

磐音は左手に持っていた釣り竿を回すと、飛び込んでくる二人目の武芸者の横面を先端で叩いた。しなった竿が目にかかり、その場に片膝を屈していた。

正面の頭分が、朋輩《ほうばい》の踏み込む隙に間合いを詰めて磐音に襲いかかろうとした。

磐音は釣り竿を右手に持ち替えると、相手が踏み込む面前に先端を差し出して動きを牽制した。

「うっ」

最前、老人が釣り糸を垂らしていた釣り竿の先端に、
と動きを止めた三番手が、なぜか身動きがつかなくなっていた。

「いかがなされた」

磐音の声が長閑にも夕暮れの野道に響いた。

「おのれ」

踏み込もうとするが、釣り竿がびしりと動きを封じていた。

「そのほうら、なにをしておる。釣り竿を構えた相手一人に手間取るとはなにごとか。約定の金子分の働きをいたせ！」

怒りを呑んだ桂太郎の言葉が響いたが、三番手は硬直したままだ。それを見た桂太郎が前に出ようとした。すると家臣らしき若侍が、

「桂太郎様自らお出になるときではございませぬ」

と袖を引き留めると、舌打ちした桂太郎はくるりと背を見せ、坂上に繋いだ馬のもとに走り戻った。その桂太郎に若侍が従い、磐音の前に残ったのは旅の武芸者三人だけになった。

すいっ
と磐音が釣り竿を引いた。

相手の体からくたくたと力が抜けた。だが、磐音が釣り竿を引いたのを見て再び刀を構え直した。

「おやめなされ。そなたらの抱え主どのは、城下に戻っていかれたようじゃ」

三番手がちらりと振り向き、磐音に視線を戻すと、

「このままでは商いに差し支える」

と戦いの続行の意思を示した。

「相手をせよと言われるか」

「むろん」

「それがし、江戸は神保小路直心影流尚武館佐々木道場の佐々木磐音にござる。貴殿の流儀と姓名をお訊きしておこうか」

と名乗ったものだ。

「なにっ、尚武館佐々木玲圓門下と申すか」

驚きの体《てい》で相手が問い直した。

「養父をご存じか」

しばらく磐音の言葉の真偽を自らに問うように思案していた相手が、

「失礼をばいたした」

と剣を引くと、未だ野道の路傍に倒れている仲間に向かい、

「格違いの相手であったわ。命あっての物種、早々に山形城下を退散いたすぞ」

と言うと、三人ともに、

「ご免」

と磐音に言い残して、脱兎《だっと》の如く夕闇に紛れて消えていった。

からから

と双葉老人の乾いた笑い声が最上川河畔に響き、

「久保村双葉、久しぶりに体じゅうの血が滾《たぎ》ったわ。よかろう、化城院様のおん

ため、老骨に鞭打《むちう》つとしよう」

と宣告した。

それが山形藩を二分する騒ぎの狼煙《のろし》となった。

三

双葉が呼んだ山形藩士が、闇に乗じて一人ふたりと末摘庵に参集し、四人が顔を揃えたのは五つ半（午後九時）過ぎのことだ。四人ともに中間小者《ちゅうげんこもの》も従えない微行であった。

最初に姿を見せたのが、武張った雰囲気から秋元家の武官職と察せられる先手《さきて》頭《がしら》重守九策《しげもりきゅうさく》であった。五尺七寸余の五体は日頃の鍛錬の様子を示していた。歳の頃は三十六、七歳か。

続いて勘定蔵方手代の野崎米次郎《のざきよねじろう》で歳は三十前後。実務を専門にしてきたか、形《なり》は小さいが神経質そうな顔立ちだった。

三番目に到着したのは町奉行宗村創兵衛《むねむらそうべえ》だ。先の二人より年長で五十前。町奉行職を務めているだけに挙動が慎重で、鈍く垂れた両眼が時折り見開かれ、眼光が鋭く光った。

そして最後に、目付の酒井弥太夫《さかいやだゆう》が汗を滴らせて、蚊遣りの焚かれた末摘庵の座敷に入ると、

「ご隠居、われらをお呼びとは、お珍しいこともございますな」

と濁声《だみごえ》で言った。

歳は四十前か。

「弥太夫、一旦隠居した身の誘いじゃ。風流に事よせて一夜酒を酌み交わしたいが、ちと相談がある」

とかつての下役に言うと、ぽんぽん、と手を叩き、別間に待機していた磐音を呼んだ。

家中四人の顔に訝しげな表情が浮かんだ。

「そなたらに紹介しておこう。江戸から参られた佐々木磐音どのじゃ」

双葉の紹介に四人が一応会釈をした。

「そなたら、江戸勤番を何度も務めたで、神保小路の直心影流佐々木玲圓道場の名は聞いたことがあろう」

「あっ！」

という驚きの声を上げたのは重守九策だ。
「ご隠居、近頃、道場を増改築されて尚武館と改められた江都一の剣道場にござ
いますな」
と目付の酒井が緊張の声で問うた。
「いかにも、その尚武館の後継がこちらの御仁じゃ」
「佐々木どのは剣術指南の旅にございますか」
町奉行の宗村が訝しさを残した声で問うた。
顔を振って双葉が否定し、
「話はちと複雑ゆえ、前座はこの双葉が務める。あと真打ちに代わるが、最後ま
でとくと話を聞いてもらいたい」
と前置きした。
対面している六人の前には茶が供されているだけだ。
「佐々木磐音どのはな、わしの江戸での知己の一人で、ただ今家治様の御側御用
取次を務められる速水左近様の口添えで山形入りなされた」
その言葉を聞いた四人に、
さあっ

と緊迫が走った。

御側御用取次は将軍家の側近であるだけに、老中の権力以上のものを有していた。

「これはこれは」

と呟いた酒井が袴の前帯に差した扇子を抜くと、
ばたばた
と汗がまだ残る顔を扇ぎ、気を鎮めた。

「紅花問屋前田屋の商い停止《ちょうじ》と押し込めは、すでに幕府に知られておる。前田屋の番頭らが幕府評定所に訴状を出しておるでな」

なんと、と酒井が扇子を止めて、ご隠居と呼びかけた。

「弥太夫、最後まで話を聞けと言うたぞ。佐々木どのの山形入りは、これとは別の筋である」

双葉は茶碗を摑むと喉を潤し、四人を見回すと話を再開した。

その話は緊張を持って長々と語られ、磐音へと引き継がれ、一刻（二時間）以上も続いた。

話の締め括りに磐音が、

「ご一統様に改めてお約束申し上げます。それがし、養父の剣友速水左近様との昵懇の付き合いを許されておりますのは、偏《ひとえ》に剣術を通してのことにございます。公儀の隠密など務める覚えはございませぬ。佐々木家は常にその立場を保守してきた家系にございます」

と念を押した。

磐音の話が終わった後、しばし沈黙が続いた。そして、最初に目付の酒井弥太夫が、

「佐々木どの、しかとそなた、前田屋の内儀の苦境を救わんと山形に参られたのでござるな」

と磐音を睨み据えて詰問するように念を押した。

「いかにもさようです。ゆえに、旧藩の騒ぎやそれがしの離藩の事情《わけ》までご一統様に披露《ひろう》申した次第」

「なんという運命《さだめ》を、前田屋の内儀も佐々木どのも歩まれるか」

と町奉行の宗村が呻くように言った。

「ご隠居、それにしても山形藩の立場と、佐々木どのが奉公なされた豊後関前藩の騒ぎはよう似ておりますな」

「これ、弥太夫、他家の藩名を軽々しく口にするでない」

「これはいかにも軽率にござった」

と詫びた酒井弥太夫が、

「ご隠居、われらにどうせよと言われますので」

「弥太夫、わしはすでに藩政から身を退いておる。決めるのはそなたら自身だ」

「どうしたものか」

町奉行の宗村が腕組みをして瞑目した。

ご隠居様、と呼びかけたのは勘定蔵方手代の野崎米次郎だ。

「なんなりと申せ、米次郎」

「こたびの舘野様の紅花専売制の策、ちと強引に過ぎまする」

「そのようなことはたれしも分かっておる」

と苛立ちを見せた双葉が、ふうっ、と息を吐いて気を鎮めた。

「紅花を栽培する百姓衆はご家老の威光に黙ってはおりますが、内心では怒りを抑えかねているのが実情にございます。と申しますのは、専売制になった暁には紅花を栽培する畑は藩の検地がございまして、許された紅花畑には運上金《うんじょうきん》が課せられます。それがご家老の腹づもりです。さらに紅花商人も免許指定制にございまして、紅花奉行の胸三寸で免許の更新と取り消しがなされるそうな。京、江戸の紅花一駄の値はもはや天井、これ以上売り値が上がることはございますまい。それだけに、栽培の百姓にも、免許を得た紅花商人にも厳しい事態が生ずるのは明らかにございます」

「さようなことも分かっておるわ」

「勘定蔵方手代として申し上げますならば、藩が敢《あ》えて専売制を推し進める要はない。それより、前田屋ら紅花商人や栽培農家の助けを得て、紅花の増産と江戸の販路を拡張し、売り上げを着実に伸ばし、一駄の値を少しでも向上させることを考えたほうが、藩財政によほどよきことかと考えます」

「それではご家老の舘野様方には旨《うま》みがなかろう」

と酒井が言い放った。

「弥太夫、そなた、舘野様のお味方か」

「ご隠居、ご家老の気持ちを推量しただけにございます」

「申し上げます」

最後まで沈黙を守っていた先手頭の重守九策が言い出した。

「殿が江戸在府の間に、ご家老舘野様と紅花奉行の播磨屋三九郎は、藩財政改革の名目で紅花専売制を強行し、藩政を意のままにしようとなされているだけにございます。家中藩士の間に舘野派の同志を募る誘いかけがなされ、集まりに出るように再三強要されております。ために藩士の間に動揺が走っております。それがし、殿が在府にて山形ご不在の折り、藩を二分するような行動は厳に慎むべきと考えます」

さらに、

「ご隠居、舘野様のもとにすでに数十人の者が誓約を入れたとか、われらの耳に届いております。当然のことながら、山形藩秋元家家臣が忠誠を尽くすは永朝様お一人でございます」

と言う宗村の言葉に双葉が頷いた。

「わしが考えておった以上に、藩政はすでに舘野様一派に握られておるか。黙視しておると、家中を二分して多くの血が流れることになるぞ」

「ふうっ」

と目付の酒井弥太夫が息を吐き、町奉行宗村創兵衛と目で何事か語り合った。

「ご隠居、すでに前田屋の番頭手代の命が奪われております」

「おう、そうであったな」

「新たな動きがございました」

と町奉行の宗村が言い、酒井に説明を任せた。

「舘野一派の集まりに誘われた寺社奉行支配下の鈴木《すずき》恒男《つねお》と郡方《こおりがた》手代の金子《かねこ》朋太《ともた》郎《ろう》が本日未明、馬見《まみ》ヶ崎川《さきがわ》の河原に斬り殺された亡骸《なきがら》で見つかりました」

なにっ、と双葉が呻くように酒井弥太夫を見た。

「紅花専売制の騒ぎに関わって殺されたと申すか」

「ただ今のところ、しかとは返答できませぬ。ですが、この二人は舘野一派の集まりに誘われ、手厳しく断った硬骨漢にございますれば、舘野一派が見せしめのために始末したとも考えられます」

「二人が屋敷から、たれからともなく呼び出されて行方を絶ったのは昨日のことにございました」

と目付の酒井の言葉を町奉行の宗村が補足した。

磐音はふと、最上屋で初めて対面した舘野桂太郎が、若侍の呼び出しに慌ただしく立ち去った光景を思い出していた。

「そなたら、二人の死の原因をしかと探れ。もはやのんべんだらりとしておれぬぞ」

と双葉が鼓舞するように言った。

「ご隠居、ただ今必死の探索を続けております。しばしのご猶予をいただきたい」

と酒井が願い、

「ともあれご家老が紅花専売制を確立されたとなると、藩士の大半が舘野派に流れるのは必至でござろう。なんとしてもそれだけは阻止せねばなりません」

久保村双葉の腹心の部下であったと思える四人の面魂を見た磐音は、山形藩の藩政を正そうとする人士は他にもいるはずだと確信した。そして、前田屋の再興の望みは残されていると思った。それがまた奈緒が幸せを取り戻す道でもあったのだ。

「弥太夫、舘野様一派が前田屋を一気に断罪できずにいる理由はなんじゃ」

「紅花文書が、未だご家老方の手に落ちていないからにございます」

双葉が、

「前田屋は未だどこぞに隠し持っているということじゃな」

「紅花商人の生命綱《いのちづな》にございますれば、いかに責められようとそれだけは死守しましょうな。とは申せ、すでに蔵屋敷に幽閉された内蔵助には牢問《ろうど》いが如き責めが、連日行われているそうにございます。どこまで頑張りきれますか」

「町奉行のそなたらは立ち会うておらぬのか」

「ご家老直々にわれらを呼び、こたびの専売制の布告は山形藩上げての財政改革の一歩ゆえ、紅花商人の処遇は首席家老専任事項といたすと厳命を下されました。ためにわれら、前田屋の取り調べにも立ち会えぬ有様にございます」

「そなたら、それでも町奉行、目付の職を全うしておると胸が張れるか」

「ご隠居、面目《めんぼく》次第もございませぬ」

と酒井が昔の上役に頭を下げた。

双葉が磐音を見た。

「佐々木どの、そなたは旧藩の内紛に関わり、潔く藩外に出られた者である。その立場から見て、この者たちが取るべき方策がござろうか」

「双葉様、わが旧藩は格別これという物産がない藩にございました。海と山の物産の市場は藩内に限られていたため、漁師百姓のみならず、藩の勘定方も商人衆も実入りが乏しゅうございました。ゆえに藩物産所を興し、換金できそうな海産物を借上げ船で一括して江戸に運び、利を得る道を選びました。こちらは同じ六万石高ながら、紅花、青苧と格別の物産をお持ちです。また紅花商人衆、栽培の百姓衆と藩の勘定物産方には長年の関わりもございましょう。ゆえにそれがしの旧藩とはおのずと違うた道を選ぶべきかと存じます。当藩の紅花専売制を確立させるか、これまで同様、紅花商人、百姓衆主導の紅花商いを存続させるかをお決めになるのはご家中の方々です」

磐音は差し出がましい言葉を避けた。その上で、

「最前から皆様のお話を聞いておりますと、こたびの改革の成否を左右するのは紅花文書の所在のようでござる。紅花文書は、それほど紅花取引に影響を与えるものにございますか」

と訊いた。

「佐々木どの、紅花文書がどのようなものか、この場にある五人も見たことはござらぬ。山形藩は最上義光様以来、次々と藩主が代わって参った。そのこと、承知でござろう」

磐音が頷いた。

「紅花文書と称する朱印状を最初に紅花商人に出されたのは最上義光様でな。以後、最上氏がお取り潰しになった後も、鳥居、保科、結城松平、奥平松平、奥平、堀田、大給松平と、各大名家の初代が添え書きして紅花商人首座に伝わりしもの

にござる。わが主君涼朝様も武蔵川越から山形城に入封した当日に紅花商人らと面会なされ、涼朝様が署名を加えられた経緯を承知しておる」

「九家の大名初代が添え書きなされた紅花文書が、今は前田屋に伝わっているのでございますか」

「内蔵助が紅花商人首座ゆえな」

「首席家老の舘野様といえども、この紅花文書が幕府に示されれば、紅花の専売制を強行なさることは難しゅうございますな」

「いかにもさようじゃ、佐々木どの」

と酒井が答え、

「前田屋の内儀が姿を隠したことと、紅花文書の行方とは関わりがあるのではと、われら睨んでおるのだが」

と言う酒井の言葉を宗村が補った。

「佐々木どのの話の中に、福島城下の飛脚問屋島屋の店先で起こった胴乱強奪騒ぎがござるが、城下外れで何件か似たような騒ぎが起こっておるのじゃ。それがし、舘野様ご一統が紅花文書の手がかりを求めて内儀の奈緒どのの行方を追うために、前田屋やその周辺に宛てた文を調べたものと推測いたしましたがな」

「お奉行、その考えあたっておりますぞ」

と酒井が叫び、

「未だ前田屋の内儀の行方は知れぬのだな」

と双葉が酒井に念を押した。

「前田屋の縁戚などはすでに調べました。舘野様ご一統も必死で内儀の身を追っておりますが、どちらが先に前田屋の内儀の身柄を確保できるか、厳しい争いを繰り広げております」

「のんびりしたことは言うておられぬぞ、弥太夫」

「われら、藩士二名が殺害された騒動の真相を、なんとしても究明いたします。それが舘野様の野望を砕くことに繋がれば上々にございます」

刻限はすでに四つ（午後十時）を大きく回っていると思えた。

「ご隠居、それがし、朝から藩士殺害の一件で飛び回り、昼餉も抜きでございます。なんぞ口にするものはございませぬか」

「弥太夫、酒の催促か」

「恐縮にございます」

「いや、最前から気にはしておったが、切れ目なく話が続いたで、台所に命じる

ことも できなんだ。ちと待て」

と双葉がぽんぽんと手を叩くと、隣部屋の人影が台所に立つ様子があった。そして、急に台所で人の動き回る気配がして、膳が六客と酒が運ばれてきた。男衆《おとこし》に一人、女が混じっていた。

早速盃に酒が満たされた。宗村が一統を代表して、

「刀自《とじ》、お気遣い、かたじけのうございます」

「しばらくでしたね、ご一統様」

と久保村双葉の内儀いいねが宗村らに挨拶をした。

隣座敷に控えていた人物かと磐音は思った。そのいねが、

「江戸のお方を長々とお待たせいたしましたな。さぞ山形は接待の仕方も知らぬ土地かと思われたことでございましょう」

と磐音に詫びた。

「お内儀様、それがしこそ突然押しかけ、ご当家に迷惑をおかけ申しております」

「いね、佐々木磐音どのは江戸で名高い尚武館道場の後継でな。いやはや、最前も爽快なことがあったわ」

と双葉が、最上川からの帰路での騒ぎを告げた。

「なんと末摘庵に舘野桂太郎どのが参られ、そのような無礼千万な振る舞いをなしましたか」

「弥太夫、このお方、どことなくおっとりとしておられよう。それもそのはず、豊後関前藩の国家老坂崎様のご嫡男じゃ」

「なんと、重臣のご嫡男が佐々木家に養子に入られましたか」

「それもこれも藩の内紛が齎《もたら》したものだ。山形藩は有為の人材を藩の外に出すようなことがあってはならぬ」

「いかにもさようです」

と宗村らが頷いた。

「佐々木磐音どの、よう山形に参られました」

と宗村が盃を上げ、改めて歓迎の辞を述べた。

六人の男たちは静かに盃を口に運んだ。

「ふうっ」

と一息ついた酒井弥太夫の顔にようやく和らぎが漂った。

「皆様に重ねて申し上げますが、それがしの願いはただ一つ、一人の女性《にょしょう》の幸を取り戻すことにございます」

「おまえ様、奈緒様はなんと波乱万丈な生き方をしてこられたものでしょうね。それにしても、なんともお幸せなお方です。昔の許婚がこうして江戸から山形まで参られ、命を張って尽くそうとなさっておられるのですから」

「いね、そのことよ。男とは、藩のため、殿への忠義のためと杓子《しゃくし》定規なことしか考えぬが、佐々木どののように一人の女性を遠くに近くに生涯見守る生き方もあるのじゃな」

「おまえ様、なんとも尊い生き方にございますね」

「女冥利《みょうり》に尽きるか」

「いかにもさようです」

と刀自が言い切った。

　磐音は奈緒の幸せを左右する集いの夜はまだまだ始まったばかりだと感じて、盃の酒を口に含んだ。

四

提灯の灯りを頼りに五つの影がひたひたと最上川の畔の末摘庵から城下に向かったのは、八つ（午前二時）過ぎのことだった。

先代藩主の忠臣であった久保村双葉の庵に集められた四人に従い、磐音が最上屋に帰ることにしたのは、すでに舘野一派にこの集いは知られていると思ったからだ。

末摘庵に磐音がいることを舘野桂太郎は承知していた。となれば、当然見張りを置いただろう。

宗村創兵衛ら四人はだれもが一人の上にわずかながら酒を飲んでいた。もし舘野一派が双葉の庵に参集した宗村らを抹殺するような不遜《ふそん》な考えを起こすとしたら好機といえた。

双葉は、

「佐々木どの、そなたとは、枕を並べて語り合いたいことがあった」

と残念がった。

「ご隠居、またお邪魔することになろうかと存じます。またの機会にいたしましょう」

　と磐音が応じると、かたわらから、

「ご隠居、われらの前では話せぬのですか。水臭いではございませぬか」

　と酒井弥太夫が酒の勢いで口を挟んだ。

「弥太夫、こたびのことではないわ。先代涼朝様の思い出話よ。いや、われら秋元氏が武蔵川越からこの地に転封になった経緯を語り合いたかっただけよ」

「田沼意次様の礼儀知らずを糺された先君のお振る舞いですな」

「いかにもさよう」

　と応じた双葉が、

「弥太夫、なぜこの年寄りが佐々木どのとそのようなことを話したかったか、その真意、察しがつくまいな」

　と酒に酔った様子で言った。

「つきませぬな」

「ふうっ」

　と息を一つ吐いた双葉が、

「佐々木玲圓、磐音父子は、江戸城中で権勢を振るう老中田沼意次様方に抗する数少ない人物じゃからよ」

「それはまたどうして」

「田沼様が西の丸家基様を恐れておられるのは周知の事実。家基様が十一代将軍位に就かれた暁には、田沼政治は幕を下ろさねばならぬからのう。そこで田沼様では恐れ多くも、あれやこれやと策を弄して家基様の十一代様就位に反対して亡きものにせんと策を巡らせておられるそうな。その前に立ち塞がっておられるのがこの人物と養父どのよ」

と双葉が言ったものだ。

「ご隠居、真《まこと》の話でございますか。ならば秋元家と佐々木家は、田沼様を巡り立場は同じ、いわば同志ではございませぬか」

と酒井が双葉を酔眼で睨み、その視線を磐音に移した。

久保村双葉はどのような筋からこのような情報を仕入れたか。むろん速水左近がそこまで文に記したとも思えなかった。

「ご隠居どの、わが尚武館道場が千代田の城近くの武家地にあることから、根も葉もなき噂がしばしば立つことがございます。この話もその一つゆえ、ご一統様、ご放念くだされ」

と磐音は話を打ち切り、四人に同道して城下に戻ることにしたのだ。

五人が行く道のかたわらには疎水が流れ、螢が淡い光を灯して飛んでいた。

「どうしたものか」

と酒井弥太夫が呟いた。

「なんだ、目付どの」

と宗村が呟きに応じた。

「ご隠居がなんとしても前田屋内蔵助の身を守れと命じられたが、外周りは別にして、屋内は舘野一派の紅花奉行播磨屋らの私兵に入り込まれて、われらが手を差し伸べる方策がござらぬ。そのことを最前から思案しており申した」

「播磨屋三九郎の後ろには舘野様が控えておられるからのう」

「外周りはご家中の方々ですか」

と磐音が話に加わった。

「いかにも番頭支配が警戒に当たっておりましてな、番頭は先手頭の重守九策らとは肝胆相照《かんたんあいて》らす仲、前田屋の庭までならば入り込めぬことはない。だが、それでは、事が起こったときには遅すぎよう」

宗村の言葉に寡黙な重守が頷いた。

「陽が落ちて女衆《おんなし》が買い物に出られますが、その後を尾けるのも番頭支配でございますか」

「ほう、よう承知でござるな」

と酒井が磐音を見た。

酒井の手に下げた提灯の灯りが磐音にあたり、磐音の影が辺りに映って揺れた。

「昨夜《ゆうべ》、買い物に出た女衆を尾けましたゆえ」

「佐々木どのはさすがに行動が素早いわ」

と苦笑いした酒井が、

「女衆を尾行するのは勘定物産方の者でしてな、番頭ではござらぬ。だが、同じ家中の者ゆえ、勘定物産方とはなんとか話し合える仲でござる。厄介なのは前田屋の屋内と蔵屋敷が藩政刷新組に支配され、入り込めぬことにござる」

と繰り返した。

どうしたものか、と磐音が思案しようとしたとき、異変に気付いた。

緩やかな坂道の数丁先に武家地が見えていた。その武家地を抜けると山形城の南門前の堀端に出る。

「どうやら待つ人がおられる気配です」

磐音の言葉に一行の足が止まった。

「抜け道を行くか」

と酒井弥太夫が言った。

「このまま進みましょう」

磐音は一行の背後も塞がれたことを察していた。

「灯りを消すか」

「酒井どの、もう遅うござる」

磐音の言葉に重守九策が刀の鯉口を静かに切った。

「家中の者なれば何事かあらん」

と町奉行宗村創兵衛が呟く。

行く手に、壊れかけた籾蔵《もみぐら》が見えた。

里の人間が籾蔵辻と呼ぶ場所だ。

籾蔵の陰から十数人が提灯を灯して姿を見せた。

磐音らとは未だ半丁ほどの隔たりがある。だが、殺気がめらめらと立ち昇っているのが五人にも分かった。

「なんということか」

と宗村創兵衛が呟き、

「おのれ、許せぬ」

と目付の酒井が憤怒の言葉を吐いた。

「重守どの、背後を願えますか」

「心得た」

と無口な先手頭が磐音の短い言葉に即座に応じて、五人のしんがりについた。

一行の先頭に立ち、提灯を下げてきた野崎米次郎の体が緊張しているのが磐音にも分かった。

「野崎どの、それがしと交替してくだされ」

反対に磐音が一行の前に出た。

行く手を塞ぐ人影は家臣団とも思えない風体《ふうてい》だった。

鉄片を縫い込んだ鉢巻きに襷がけ、足元は武者草鞋《むしゃわらじ》で固めて手槍《てやり》を携えた者もいた。さらに刀の柄《つか》を白布で巻いている者もいた。むろん金子で雇われた面々だが、戦仕度の顔には覚悟のほどが覗いて緊張が漂っていた。

「藩政刷新組の面々です」

と野崎が呟く。

「なにが藩政刷新組じゃ。山形藩とは一切関わりないご家老の私兵、ただの野犬の群れではないか」

と酒井弥太夫が苛立たしそうに吐き捨てた。

磐音は間合いを六、七間おいて歩みを止めた。背後を塞ぐ別動組も迫った気配があった。振り返る余裕はない。

「夜分、どちらに参る」

行く手から声がかかった。

「怪しげな風体のそのほうらこそ、なにをしておる」

酒井弥太夫が怒鳴り返した。

「問うているのはわれらだ」

「黙れ、黙れ。われら、町奉行宗村創兵衛どのと目付酒井弥太夫の一行である。そのほうら、何奴《なにやつ》か」

と酒井が濁声を張り上げた。

「このような刻限にご苦労にございますな」

とものやわらかな声がして羽織姿の武家が姿を見せた。

「紅花奉行播磨屋三九郎」

と酒井が呟いた。

磐音は大小が似合わぬ武家の顔に視線を留めた。すると相手も磐音を見返した。

「おや、また会いましたな」

福島城下外れの岩谷観音で会った宗匠だ。

あの折りは、亡妻の供養のため徒然《つれづれ》の旅をしていると磐音に告げたが、今日はさらに不釣り合いの武家の姿だった。

「過日は手首に数珠、薄墨の衣に手甲脚絆。竹杖を突いて、まるで松尾芭蕉翁のようなお姿でしたが、正体は山形藩紅花奉行どのでしたか」

「まあ、世の中には諸々とございましてな。佐々木磐音様、改めて名乗りましょうかな。播磨屋三九郎と申します」

「上方商人が二本差しなどしおっても騙《だま》されぬわ」

と酒井弥太夫が叫んでいた。

「目付どの、ちと声が大きい」

と播磨屋三九郎が静かに叱《しか》るように言い、再び磐音に、

「公儀の意を汲んだ厄介な人物が舞い込んできよりましたわ」

「たれのことにございます」

「知れたことだす」

語調をいつしか上方訛《なま》りに変えた播磨屋三九郎が、
すいっ
と後退した。すると藩政刷新組の面々が一斉に抜刀した。

「酒井どの。重守どのと一緒に背後を守ってくだされ」

「前門の虎はよいか」

「それがしが受け持ちます」

「ならば後門の狼《おおかみ》はそれがしと重守どのに任せよ」

と酒井が頼もしい返事をした。

「佐々木どの、それがしは」

と町奉行の宗村創兵衛が訊き、野崎米次郎も磐音を見た。

「野崎どの、提灯の灯りをしっかりと護持してくだされ。そして、片時も宗村どのの御側を離れずにいてくだされ。宗村どのはわれらが長《おさ》、旗印にござる」

決然とした磐音の手配りの言葉に野崎が、

「畏まりました」

と応じた。

磐音は再び注意を前方の十四、五人に向けると包平を鞘走《さやばし》らせた。

多勢に無勢の戦いだ。

磐音はいつもの受けの剣法を捨てた。

「参る」

磐音の宣告に、

「相手は佐々木磐音ただ一人だす。斃《たお》した者には格別に褒賞《ほうしよう》金三十金出しますよってな、精々気張りなはれ」

磐音の宣告に応じた播磨屋三九郎が、上方言葉で野犬のような剣客らを鼓舞した。

「おおっ！」

と雄叫《おたけ》びを上げた山形藩の院外団というべき藩政刷新組が、手槍や剣を構えて殺到してきた。

間を置かず磐音も踏み込んでいた。

たちまち間合いが縮まり、磐音の目に二本の槍先が煌めいて迫った。

包平が槍の螻蛄首《けらくび》を一瞬にして斬り落とし、もう一本を返す刀で弾《はじ》き返すと、殺到する一団の前面へと飛び込んだ。

宗村は磐音の孤独の戦いに目を奪われていた。圧倒的な多勢を相手にしながら、その身が路地を吹き抜ける春風に変じ、

そよそよ

と吹き渡り、長閑な戦いを思わせた。だが、一見緩やかにも思える包平の動きが車輪に回され、肩口に落とされ、手首を叩き、胴を薙《な》いでいく。

一連の流れに一瞬の遅滞もない。急ぐわけでもなく、速まるわけでもない。それでいて、相手方一人ひとりが、

「うっ」

「ああっ」

という押し殺した呻き声を残して、磐音が通り過ぎた背後にばたばたと倒れていくのだ。

一連の攻撃の後、磐音は間合いを外して路傍に飛んでいた。

刷新組も磐音の反撃をどう捉えてよいのか、言葉を失ったように立っていた。

宗村と野崎もまた呆然と、六人ほどが倒れて呻く光景を見ていた。

磐音は包平の大帽子《きっさき》で藩政刷新組の残党を牽制しつつ、重守と酒井の戦いにちらりと目を配った。

二人は道に並んで、後方から押し寄せる五、六人と対決していた。

「酒井どの、重守どの、それでよい。深追いなどなさらず、ただ今の位置を保持してくだされ」

と磐音が声をかけると、酒井弥太夫が、

「おおっ、心得た」

と叫び返してきた。

磐音は再び前門の虎に向き合った。

「そなた方の頭分はどなたか」

磐音の問いに、両の袖に腕を通すことなく肩に紋付羽織をかけた剣客が姿を見せた。そして、その後ろには腹心の門弟か、二人が連なっていた。

「お手前の姓名、ご流儀をお聞かせくだされ」

「鹿島新陰《かしましんかげ》流真嶋《まじま》草鬼《そうき》齊釜直《さいかまなお》」

壮年の声が短く応じた。

「佐々木磐音にござる」

真嶋が肩の羽織をぱあっと飛ばして白柄の剣を抜くと、正眼に置いた。

堂々とした挙動だ。すると門弟の二人もすでに抜き放っていた剣を構えた。

磐音は包平を珍しくも上段に構えた。

どちらかが斃れる戦いと双方が察していた。

その緊迫が籾蔵辻を支配した。この場にあるすべての人間の目と神経がこの戦いに注がれていた。

酒井弥太夫ですら、相手と刃《やいば》を交えながらちらちらと見ていた。そして、後門の狼もまた真嶋の戦いの行方を見守る様子があった。

両者の間合いは二間とはない。

磐音はここにおいて不動の構えを選んだ。相手を呼び込む一撃必殺の選択だった。

ぴりぴりとした均衡が破れたのは、籾蔵から姿を見せた猫が異変に気付き、
みゃう
と鳴いて身を竦ませたときだ。

張りつめた空気が破れて、真嶋草鬼齊が正眼の剣を左肩に引きつけつつ、
すうっ

と踏み込んできた。

一気に間合いが切られた。

右の首筋に落ちてきた。流れるような剣捌きだ。

磐音は真嶋の刃の動きを見据えつつ、包平の間合いに入る瞬間を見定め、上段の剣を、
そより
と真嶋の脳天に落としていた。

腰が据わった一撃だった。

電撃の上段打ちが一瞬早く真嶋の額を捉えると、後ろに弾き飛ばすように転がしていた。そのせいで、後ろに従う門弟二人の攻撃に間が生じた。

「先生！」

と叫びつつ二人の門弟が態勢を整え直したとき、磐音は包平を再び上段に戻して一気に間合いを詰め、迎撃する相手二人を八の字に斬り分けていた。

「ああっ」

という悲鳴が重なり、籾蔵辻にきりきりと舞ってまた二人の剣術家が斃れていった。

虚空に大きく包平を血振りした磬音の声が、

「各々方《おのおのがた》にもの申す。これ以上の戦いは無益に候」

と凛然と響き渡った。

風もなく、螢さえ飛ぶのを忘れ、猫も竦んだままだ。

凍《い》て付いた時がふいに溶けた。

ばたばた
と足音を立てて後方の剣術家が逃げ出した。

「そなたら、日の出までに国境を越えぬと、目付配下の追手を差し向けるぞ！」

と酒井弥太夫の勝ち誇った声がして、磬音の前の、藩政刷新組の剣術家たちが、

「ご免」

の声を残して姿を消した。

「ほう、紅花奉行どのも逃げ足が速いな」

と酒井が辺りを見回した。

いつ姿を消したか、播磨屋三九郎の姿もなかった。

「佐々木どの、そなたの剣技たっぷりと拝見仕った。もはやわれらを襲う者もおるまい。この場の始末はわれらに任せて最上屋に引き上げられよ」

と町奉行の職掌を思い出した宗村創兵衛が言い、磬音は包平を鞘に納めると一礼して戦いの場を後にした。

第五章　半夏一ツ咲き

一

前田屋の蔵屋敷から不意に物音が消えた。その昼過ぎから始まった前田屋内蔵助への責めが夜半になっても繰り返され、最初、蔵屋敷の外まで聞こえていた内蔵助の抵抗の声がやんで半刻（一時間）が過ぎていた。

蔵屋敷を遠巻きに囲んで警固にあたる藩士たちの間に、なんともいえない重苦しい緊迫が漂い流れた。

最上川の畔にある先代藩主涼朝の重臣久保村双葉の隠居所、末摘庵の集まりから二日間、山形に凄絶《せいぜつ》な粛清と抵抗の嵐が吹き荒れた。

首席家老舘野十郎兵衛一派は城中の実権を確かなものとするために、山形藩の留守を務める御番衆の主だった者を城下から国境へ配置換えして、抵抗勢力の力を削減しようとした。

それに対して町奉行宗村創兵衛らは、中老格の年寄香田義右衛門《こうだぎえもん》のもとに結集し、

「永朝様在府の折りに領内の人事を大幅に配置換えするは前例なきこと、江戸の永朝様のご承認を得た後に願いたい」

と抵抗したが、舘野首席家老は城中に重臣七人を集めた席で、

「藩政改革中に公儀密偵が山形領内に潜入したという確かな証拠《あかし》もござる。これは当藩にとって危急存亡の事態、江戸の殿の返答を待つ猶予などござらぬ。今の半刻一刻（一、二時間）が山形藩のお取り潰しになるかならぬかの瀬戸際。この場で諾否を申されよ」

と眼光鋭く七人の重臣に迫り、七人のうち四人が舘野首席家老の提案に賛同して、年寄香田らは敗《やぶ》れた。さらに香田ら反対の三人の重臣は、

「香田、そのほうら三人、事態が収拾をみるまで屋敷にて謹慎をしておれ」

と屋敷軟禁を命じられた。

また酒井弥太夫は目付職を停職になり、蟄居《ちつきょ》が命じられた。

武官たる御番衆の主だった勢力が国境線に散らされた後、前田屋内蔵助の体を責め抜く尋問が半日以上にわたって繰り返されたのだ。

蔵屋敷から舘野派の家臣の一人が飛び出してきて、母屋に待機していた医師が蔵屋敷に呼ばれた。

「内蔵助は責め殺されたか」

前田屋の庭を警固する勘定物産方の藩士が、呟くように同輩に訊いた。

「分からぬ」

「責めも早十数日と続いてきたからな、命を落としても不思議ではあるまい」

二人の潜み声は一旦やんだ。だが、不安と緊張に耐えられなくなったか、

「ともあれ、ご家老は勝負に出られたのじゃ。なにがなんでも紅花文書の行方を今晩じゅうに吐かせるつもりだ」

「内蔵助を責め殺しては聞くものも聞けまい」

「…………」

「どうなるのだ、わが家中は」

「殿不在の折りに家中が二分されていがみ合っておる。舘野様の言われる紅花専売制ができても、百姓や商人がすぐに藩に協力するとも思えぬぞ」

「商人は利のあるほうに就くのが世の習いだ。だが、百姓衆は最上氏以来の紅花文書で結束しておるからのう」

と一人が答えたとき、内屋敷の中から数人の人影が出てきた。

「なんと舘野首席家老だ」

最前から潜み声で会話を続けてきた一人が驚きの声を洩らした。

夜に入っても暑さが山形城下を包んでいるにも拘《かかわ》らず頭巾を被った絹羽織の武家が、声を洩らした勘定物産方の警固の者を、

きいっ

と睨むように見て、

「医師に速やかに治療させて内蔵助を回復させせよ。意識が戻り次第、責めを再開する」

「はっ」

と畏まる腹心の部下に命じると、

「よいな、憐憫は無用じゃ。今晩じゅうに決着をつけねばならぬ」

と言い残すと蔵屋敷から母屋に向かった。さらに半刻後、医師と見習い医師の二人が蔵屋敷から外に出てきてその場に立ち止まり、思わず外気を胸一杯に吸っ

た。それは内部の壮絶な拷問を想像させた。

「泰伯《たいはく》先生、やはり無理か」

「これ以上、責めが繰り返されますと、明け方を待たず前田屋の命は絶えますぞ」

「ご家老になんと返答すればよい」

「せめて半日、前田屋を休ませなされ。前田屋が再び口を利けるようになる方法はそれしかございませぬ」

医師二人が蔵屋敷前から姿を消して、前田屋の庭付近は急に静けさを取り戻した。

「ふうっ」

と勘定物産方の警固の藩士らの口から溜息が洩れた。

「戸沢《とざわ》どの、警固ご苦労にござる。われらが交替いたす」

「なにっ、野崎どの、そなたらも駆り出されたか」

「われら、帳簿と向き合うている者まで前田屋に呼集されるとはどうしたことか」

蔵前の配置に付いていた藩士らがほっと安堵《あんど》の吐息を洩らし、

「野崎どの、蔵屋敷の連中にはくれぐれも用心なされよ。あやつら、呵責《かしやく》ない野犬の群れだ」

と注意した。

「その野犬、何人詰めておるのだ」

「十人はおるぞ」

「承知した」

蔵屋敷の周囲を見張る藩士が交代して四半刻（三十分）、深い闇と熱気の名残が山形城下を包み込んで息苦しいほどだ。

そんな中、新しく配置に就いた見張りの中からすっくと立ち上がった者がいた。手に木刀を下げた佐々木磐音と、国境警備から抜けてきた重守九策、それに家中の小者《こもの》に扮《ふん》した園八と千次の四人だ。

「園八どのと千次どのは蔵屋敷の裏口から忍び込んでくだされ。それがしは表口から飛び込むゆえ、あやつらが注意を向けた隙に前田屋内蔵助どのの身をくれぐれも頼んだぞ」

磐音の言葉に園八が頷き、蔵屋敷の裏手に回っていった。

「重守どの、参る」

「裏手はお任せあれ。ただの一人として逃がしはしませぬ」

と決死の覚悟の重守が磐音の言葉に短く応じた。

「蔵屋敷の表はわれらにお任せください」

勘定蔵方手代の野崎も必死の声で磐音に声をかけた。

「うーむ」

その声を残した磐音はつかつかと蔵屋敷の表に立った。

舘野ら一行が母屋に去った後、前田屋の家紋の違《ちが》い鷹羽《たかのは》が入った漆喰《しっくい》塗りの鉄扉は大きく開け放たれていた。暑さのせいだ。

前田屋の蔵屋敷は手前から十畳間、さらに板間、さらにその奥に、庭に接した十二畳と縦に繋がっていた。

磐音は見た。

畳座敷の間の板間の天井の梁《はり》からぼろ屑《くず》が垂れ下がっていた。それが前田屋内蔵助だった。

両手を青竹に広げて縛られ、さらに腰に幾重にも巻かれた縄で梁から吊るされていた。足元には気絶したときに掛ける水桶《みずおけ》があり、板間は水と汗と血で汚れていた。

奥の畳座敷で浪人らが酒を飲んでいた。その数、十数人か。汗まみれの顔からは、拷問に疲れた表情が窺えた。

磐音の胸に憤怒の感情が奔《はし》り抜けた。

(理不尽、許し難《がた》し)

磐音は下げていた木刀を軽く振った。

その気配に一人の浪人が、
うむ
と視線を上げて磐音を見た。だが、しばらくはなんの反応も見せなかった。

と言う声に仲間が磐音の姿を認めて、

「おぬしは」

「公儀密偵か」

「いや、佐々木道場の後継というぞ」

と言い合うとかたわらの剣を手に、

「飛んで火に入る夏の虫、成敗してくれん」

と藩政刷新組の残党の長《おさ》が腰を上げ、朱塗りの剣を腰に差し戻した。

磐音は反《そ》りの強い鞘を注視した。

どどっ
と野犬の群れが磐音らの立つ表座敷に飛び込んできた。

その様子を確かめた重守九策が蔵屋敷の重い漆喰塗りの扉を閉じると、自らは裏へと回り込んだ。

「ほう、自ら逃げ場を断ちおったか」

仲間を分けるように朱塗りの剣を差した剣術家が磐音の前に立ち、

「おれの薙刀《なぎなた》造りは、身幅も厚く、斬撃《ざんげき》も重いぞ。木刀で受けきれるか」

「はあて」

磐音は天井の高さが十分にあることを確かめながら畳座敷に入り、木刀を立てた。そして、奥座敷に園八と千次が忍び込んだのを目の端に留めていた。

相手がすらりと先反りの剣を抜いた。刃渡り二尺八寸余の刃の中ほどから大きく反り返った薙刀造りが行灯《あんどん》の灯りに、
ぎらり
と煌めいた。

豪剣を脇構えに置いた。

腰が据わった堂々たる剣者ぶりだ。

磐音は赤樫《あかがし》の木刀を立てた。重守から借り受けた木刀は、磐音が普段愛用するものより径が幾分太かった。

磐音の掌《てのひら》にぴたりと吸い付いた木刀を静かに上下させた。それに釣り出されるように相手が腰を沈めて踏み込んできた。

一気に間合いが縮まった。

磐音も踏み込んだ。

脇構えの薙刀造りの剣が豪快な円を描いて、磐音の右腰に迫ってきた。

「とりゃあ！」

という相手の気合いを聞いて磐音は蔵座敷の天井に向かい、高々と飛び上がっていた。

相手の薙刀造りの刃が後方に跳ね上げた両足を掠めて過《よ》ぎり、磐音の木刀が、
発止！

と突進してきた脳天に叩き付けられた。

ぐしゃ
という鈍い手応《てごた》えと同時に、相手の体がその場に押し潰されて転がった。

ふわり

とその体の上を飛び越えて磐音が畳に飛び下りると、目前に剣を構えた野犬の群れが待ち受けていた。

だが、一同は頭分《かしら》がいきなり倒されたことに動揺して、磐音を取り囲む機会を失っていた。

反対に機先を制して磐音のほうから相手の輪の中に飛び込むと、木刀を軽々と振るい、相手の腰を、胴を、肩を、さらには腹を突いて畳座敷に次々と転がしていった。

一陣の旋風が吹き抜けた後、藩政刷新組の面々で自らの足で立っているのは五人だけだった。

その連中が裏へ逃げ出そうとした。

その前に立ち塞がったのは先手頭の重守九策だ。

「そのほうら、一人たりとも逃さぬ。なんじょうあって殿の不在に山形藩に巣食いおったか」

とこちらも憤怒の情厳しく抜き放った剣で迫った。

「うっ」

と重守の形相《ぎょうそう》を見た残りの五人が後ろを見た。すると磐音が仁王立ちになって木刀を構えていた。

「いかがなさるな」

磐音の声はすでにいつもの長閑さを取り戻していた。

「おのれ！」

と自暴自棄になった一人が剣を振り翳して重守に突進していった。

重守が相手の腰の浮いた攻撃を見抜くと、自らは腰を沈めて剣を車輪に引き回した。

「ああっ！」

伸び切った脇腹をしたたかに斬られた相手が、前のめりに奥座敷に突っ伏していった。

「お見事にござる」

磐音の言葉に、重守よりも残った四人が反応した。手にしていた剣を投げ捨て、その場に腰を落として、

「命あっての物種、降参にござる。命ばかりはお助けくだされ」

と哀願した。

「遅いわ」

と重守九策が迫るのを、

「重守どの、大事の前の小事にござれば、ここは我慢くだされ」

と諫《いさ》めた。

騒ぎの間に園八と千次が、梁から吊るされた前田屋内蔵助の体に巻かれた綱を切り、ぼろ屑のようになった体をそっと板間の端に横たえさせた。

「重守どの、こやつらが騒がぬよう見張りを頼む」

「相分かった」

「園八どの、千次どの、内蔵助どのの体を運ぶ戸板を探してきてくれぬか」

「へえ、合点だ」

と二人が内蔵助のかたわらから姿を消した。

磐音は水桶に突っ込まれた竹柄杓《たけびしゃく》に目を留めると、水を汲んで内蔵助のかたわらに片膝を突いた。

「内蔵助どの、気を確かに持たれよ」

柄杓を、大きく腫《は》れあがった唇にあてててゆっくりと傾けた。だが、内蔵助の反応はなかった。それでも磐音が口を開いて水を含ませると、微《かす》かな反応を見せて水を飲み、むせた。

「ゆっくりと物を嚙《か》むように水を嚥下《えんげ》なされよ」

今度はごくりと喉を鳴らして水を飲んだ。それでもむせたが、最前ほどではなかった。

磐音は手拭いを柄杓の水に浸すと、潰れかけた瞼《まぶた》の血の塊を拭い取った。

「み、水を」

「もう少し飲まれるか」

三度め、柄杓を自らの手で摑むと、内蔵助は水を含んでゆっくりと嚥下した。

「安心なされよ。ただ今安全な場所へと移して進ぜるでな」

「そなたは何者か。舘野様のご家来なら、いっそこのまま命を絶ってくだされ。その程度の憐憫もございませぬのか」

「内蔵助どの、それでは奈緒どのが哀《かな》しまれよう」

と言う磐音の言葉に、

「うむ」

と訝しげな呻きを洩らした内蔵助が、潰れかけた眼で磐音の顔を確かめようとした。

「それがしがお分かりになりませぬか。佐々木磐音にござる。内蔵助どのと奈緒どのを江戸の千住大橋で見送りし折りは、坂崎磐音と申した」

内蔵助の体に雷が走り抜けたようで、

びくり

と痛めつけられた体を起こそうとした。

「まさかそのようなことが」

「内蔵助どのが江戸の評定所に走らせた使いの一人、番頭どのが吉原の四郎兵衛どののもとに駆け込み、苦難を知らせて参った。ゆえにそれがしと吉原会所の若い衆二人が出羽山形へと急行したのでござる」

「なんとそのようなことが」

と内蔵助が同じ言葉を繰り返して、

「神仏は最上の紅花商いを見捨てずや」

と呟いた。

「内蔵助どの、もうしばしの辛抱にござる。お医師のもとへお連れいたしますでな」

「坂崎様」

と内蔵助は、磐音が姓を変えた理由《わけ》が理解がつかぬのか旧姓で呼んだ。

「なんでござるな」

「奈緒には会われましたか」

「内蔵助どのに断りもなく会うことはでき申さぬ」

「坂崎様」

「…………」

「そなた様が羨《うらや》ましゅうございます」

「なぜにござる」

「奈緒は過ぎた嫁にございます。さりながら、奈緒の心を捉えた男子《おのこ》はただ一人、坂崎磐音なる御仁にございます」

「内蔵助どの、坂崎磐音はもはやこの世から消え申した」

「消えたとは」

「坂崎磐音は、神保小路の直心影流尚武館佐々木道場の後継として生まれ変わり、その名も佐々木磐音、今や所帯を持つ身にございます」

「そのようなことが」

「内蔵助どの、そなたの嫁女は奈緒どの、奈緒どのの亭主は内蔵助どのにございます」

「でございましょうか」

と内蔵助が呟いたとき、園八と千次が戸板を抱えて蔵屋敷に入ってきた。

二

前田屋の蔵屋敷から主《あるじ》の内蔵助の姿が消えたことは、忽《たちま》ち山形城下に広まった。

舘野一派は必死にその行方を追った。

紅花の専売制に反対しながらも、首席家老舘野十郎兵衛と紅花奉行播磨屋三九郎の強い命に抗しきれず賛成に回った紅花栽培の百姓衆や紅花商人らの間に噂話が流れた。

「これで内蔵助の旦那がなにか手を打ってくださろう」

「すでに内蔵助様自ら江戸に発たれたという話だ」

「江戸に」

「藩主秋元永朝様に直訴し、紅花の専売制を止めてもらうそうな」

「舘野様がそれを許されようか」

「なんとしても国境を越えて江戸に辿り着いてほしいものだが」

それは期待を込めた話だった。

そんな中、城の大手門から羽州街道の山形と上山藩の国境に向かって、両派の早馬が何頭も走り出し、戻ってきた。そのせいで城下は騒然とした事態に陥り、町の辻や店頭のあちらこちらで、人々が額を集めてはひそひそ話が交わされていた。

夜明け前、磐音らは前田屋内蔵助の身柄を、湯殿山詣での行者で賑わう八日町の旅籠《はたご》町裏手にある尼寺清月院に運び込んだ。

清月院は秋元家の二代前の山形藩主堀田正虎《まさとら》ゆかりの尼寺である。

重守九策の案内で、磐音、園八、千次、そして重守の四人が、戸板に寝かせた内蔵助を連れ込んだのだ。

清月院の入口の鄙《ひな》びた門からは、幅一間の細い石畳が奥へと続いていた。

その両側には遅咲きの紫陽花《あじさい》が密やかに花を付けていた。

土塀の外の両脇にある旅籠屋の間を抜けて鉤《かぎ》の手に曲がると、日中でさえ人の話し声も町中のざわめきも消えて、仏の支配する静寂な小空間が広がっていた。

清月院の庵主桃李尼《あんじゆとうりに》はすでに医師を控えさせて、磐音らが内蔵助を連れてくるのを待ち受けていた。すべて久保村双葉の差配によるものだ。双葉と桃李尼は旬友であった。

松村法伯《まつむらほうはく》は、南蛮医学を江戸で学んだという若い医師であった。山形には大伯父の医師を頼って来たばかり、舘野派には知られていないというので、町奉行宗村創兵衛が手配してくれた医師だった。

内蔵助は前田屋から戸板で運ばれてくる道中に意識を失い、高熱を発していた。運び込まれた内蔵助の体を一目見た法伯は、

「これはまた」

と絶句した。

十数日にわたり舘野派の責めに痛めつけられた内蔵助の体は、南蛮医学を学んだ法伯にも驚きを与えた。

「お医師どの、なんとしても前田屋内蔵助どのの命救うてくだされ」

と磐音は法伯に願った。

脈を調べ、熱を計り、瞼がほとんど塞がった両眼の瞳孔を診《み》た法伯は、

「手は尽くしてみますが」

と磐音の願いに対して確約は避けた。

医師の手に委ねられた内蔵助の口からは弱々しい呼吸が洩れていた。それがた

だ一つの生きている証《あかし》であった。

法伯が内蔵助の生への闘いを支える治療を続ける間に、磐音は隣の三畳間に控えて待っていた。

重守九策は再び久保村双葉のもとに戻り、園八と千次は一旦清月院から最上屋に戻った。

独り尼寺に残った磐音は、胡坐《あぐら》をかいた両膝の間に包平《かねひら》を立て、法伯の治療が終わるのを待った。

磐音は山形入りして後、この二日あまり、まともに床に横になったことはなかった。昼間の猛暑と相俟《あいま》って磐音は疲れ切っていた。いつしかとろとろとした眠りの中で、医師の呟きや内蔵助の弱々しい呻き声を聞いた。

人の気配に磐音がはっとして目を覚ますと、かたわらに法伯医師が佇んでいた。

「失礼をいたしました」

清月院の庭に視線を向けていた医師が、

「佐々木様もお疲れのようですね」

と却って磐音を労《ねぎら》った。

「内蔵助どのはいかがにございますか」

「やれることはすべて手を尽くしました。後は前田屋さんの生への執着心が頼りです」

「それならば助かる」

「助かりますか」

「山形の紅花栽培の百姓衆、商人衆、京と江戸の紅花問屋、さらには山形藩の立て直しが、前田屋どのの双肩にかかっているのです」

「それでは今はまだ死ねませぬな。だが、生き残るのも難儀のようだ」

　と若い医師が洩らした。

「いかにも、これから正念場の戦いが始まります」

「内蔵助さんが何度も奈緒と呟かれました。お内儀でしょうか」

「いかにも前田屋どのの内儀どのでございます」

「奈緒様のためにも生き残ってもらわねばなりませぬな」

「松村先生、内蔵助どのと話ができようか」

「ただ今前田屋さんは、生きるか死ぬかの戦いに集中しておられます。話はできません。もし強引に起こせば、弱々しい生命の光が消えてしまいます」

　と法伯が言い切った。

「では、いつ意識が戻りますか」

「二日か三日後」

「それでは遅い」

と磐音は思わず呟いた。

「なにを聞き出そうと言われるのです」

「奈緒どのの行方です」

「佐々木様はご家中の方ではないとお聞きいたしました。なぜ前田屋のお内儀の行方をお知りになりたいのですか」

「奈緒どのが、こたびの戦いを左右する紅花文書をお持ちと思えるからです」

「紅花文書ですと。それほど大事なものですか」

「それがしも山形に来て初めて知りました。最上義光様が、紅花商いに携わる商人衆に授けられたご朱印状と思えます。紅花専売を企てる舘野様方にとっては、どうしてもなくてはならぬ書き付けです」

「紅花一匁《もんめ》の値は金一匁に値すると聞いてはおりましたが、そのような文書で守られてきたのですか」

と得心の体《てい》の法伯が、

「佐々木様は江戸の方ですか」

と不意に話題を変えた。

「神保小路の尚武館佐々木道場の養子にござる」

「うーむ」

となにか思い付いたような声を洩らした法伯が、

「もしや、中川淳庵《じゅんあん》先生や桂川甫周《かつらがわほしゅう》先生とお知り合いではございませぬか」

「中川、桂川両先生とは、親しい付き合いをさせてもろうております」

「なんと、山形で蘭学《らんがく》の先達のお知り合いに巡り合うたぞ」

と松村法伯が喜色満面の顔をした。

「中川、桂川両先生の存じ寄りであったとは、それがしも心強いかぎりです」

と磐音も奇遇を喜んだ。

刻限は九つ（正午）前か。今日もじりじりと気温が上がっていた。

「それにしても佐々木様は、前田屋さんを助勢するために山形に下向なされたのですか」

と法伯が問うたとき、庵主桃李尼が二人の会話に気付いてか、茶を運んできた。

二人は慌てて姿勢を正した。

「ゆるりとお寛《くつろ》ぎくださいな」

と初老の庵主が笑いかけた。

「お騒がせ申し、真《まこと》に恐縮にございます」

と磐音が詫びた。

「坂崎磐音様、ようこそ清月院に」

予想もかけない言葉が桃李尼から洩れた。

「それがしの旧姓をご存じか」

「佐々木様、なぜ前田屋内蔵助様が清月院に運ばれてきたと思われますな」

「久保村双葉様と庵主様が句友と聞いております」

「いかにも句の集まりにございます。その中に奈緒様もおられますのじゃ」

「奈緒どのが」

「そなた様の幼馴染《おさななじ》みにして許婚であった小林奈緒様は、時折りこの清月院を訪ねて歓談していかれます」

桃李尼の思いがけない言葉に、磐音ばかりか松村法伯も驚きの声を洩らした。

「世の中に、そなた様のような男子《おのこ》がおられるのですね」

と呟いた桃李尼が、法伯にというより自らの言の葉を確かめるように磐音と奈緒の運命を語った。

「驚きました」

話が終わったとき、法伯が目を丸くして磐音を、そして、語り手の桃李尼を見た。

「真実《まこと》の話にございますよ、法伯先生。奈緒様は山形に参られましたが、心を許した相手は亭主の前田屋内蔵助どのしかおられず、句会で知り合うた尼僧となんとのう気持ちが通じ合いましたか、お付き合いをするようになりましてな。女同士、交情を重ねるうちに、立場を忘れて互いに愚痴《ぐち》を言い合う仲になりました」

「それで、それがしの旧姓を承知でしたか」

と応じた磐音は、

「庵主様、奈緒どのはそれがしが佐々木家の養子となったこともご存じでしたか」

「そなた様のことなれば、なにからなにまで承知にございますよ」

「ふうっ」

と磐音は息を吐いた。

「それがし、奈緒どのの幸せを願うて見送りました。こたびの騒ぎ、なんとしても鎮め、奈緒どのに内蔵助どのと平穏な暮らしに立ち戻っていただきとうございます。お力添え願えますか」

「佐々木様、そのお言葉に嘘偽りはございませぬな」

「ございませぬ」

と答えた磐音は、

「山形行きを強く勧めたのは、それがしの女房にございました」

静かな笑みが桃李尼の顔に浮かんだ。

「磐音様も奈緒様も波乱の人生を生き抜き、素晴らしき伴侶を得られたようにございますすな」

「いかにもさようにございます」

磐音の言葉に桃李尼が大きく頷いた。

「そなた様の手助けになることがございますか」

「それがし、奈緒どのの無事を確かめとうございます」

「奈緒様のご持参のものに関心があってのことですね」

「山形藩のこたびの内紛は、紅花の商いを巡ってのものです。紅花、青苧《あおそ》の専売制を目論む舘野首席家老派にとっても、紅花商いに長年携わってこられた前田屋様方にしても、この文書は事を左右するもののようでございます。内蔵助どのは騒ぎの直前に奈緒どのを山形城下からどこぞへお移しになった。それがしも久保村双葉老も、紅花文書は奈緒どのとともにあると推量しております。この文書を保守することと、江戸の永朝様のお考えがこの地に届いたとき、この騒ぎは終息すると思えます。どちらが先に奈緒どのに辿り着けるか、勝敗を分かつ鍵《かぎ》にございます」

「佐々木様は奈緒様にお会いになることも厭《いと》いませぬか」

「そのことが内蔵助どのと奈緒どのの幸せに繋がるのであれば、対面してお願い申します」

しばし桃李尼は思案した。

「致し方なき選択やもしれませぬ」

と呟いた庵主が、

「法伯先生、しばし中座をお許しくだされ」

と詫びると、磬音を清月院の本堂へと誘《いざな》った。

その夜、園八と千次が、江戸から城下の飛脚問屋に届いた書状を携えて清月院を訪ねてきた。

　それは速水左近からの文で、城中で秋元永朝と会談した内容が記されてあった。同時に、書状の中には宿老久保村双葉への書状が同封されていた。江戸で速水が早々に動いたお蔭で、山形から永朝に願うより早く先手を取ることになった。

「この書状、双葉のご隠居にお渡ししたい」

「佐々木様、久保村様の末摘庵をはじめ、反舘野派の主だった家臣、旧家臣の屋敷は、舘野派の面々が警固と称して、軟禁状態にしております。今や町奉行の宗村様も思うように歩けぬ仕儀にございますよ」

「急ぎ届けて敵方に渡ってもならぬ。とは申せ、なんとしてもこの書状、ご隠居に届けねばならぬ」

　と言う磬音に、

「佐々木様、私が頃合いを見て末摘庵を訪《おとな》います。いつまでにお渡しすればよろしいですか」

　と桃李尼が言い出した。

「それがしが奈緒どのに面談し、紅花文書を確かめた後にお願いいたします。庵主様、大石田河岸《がし》まではここからいかほどの距離がございますか」

「およそ十里、七つ（午前四時）発ちして夕暮れ前には大石田河岸に辿り着きましょう」

「往復二日の道中ですか」

桃李尼が頷いた。

その夜半過ぎ、磐音、園八、千次の三人は清月院の裏口を抜け出ると、三里半先の天童《てんどう》を目指した。

夜が白々と明けたとき、磐音らは天童の外れを歩いていた。

街道の両脇は紅花畑で、暗い時刻から花を摘む女衆《おんなし》の姿が見えていた。

「江戸からの長い道中にございましたが、ようやく白鶴太夫にお会いできますね」

と園八が、吉原で威勢をふるっていたときの名で言った。

「奈緒どのは会うてくれようか」

「佐々木様がわざわざ江戸から駆け付けられたのですよ。喜ばれますとも」

「そうであればよいが」

磐音には一抹の不安が残っていた。

奈緒を遠い山形の地まで行かせることになったのは、豊後関前の藩政改革に絡む騒ぎであった。

磐音は混乱の中で多くの友を失い、許婚の奈緒との別離を経験していた。

果たして二人の運命を切り裂いたのは藩政改革の嵐だけであったのか。自らの選んだ道に間違いがあったのではないか。

幾度とない後悔の果てに二人は別々の道を選び、今また再会しようとしていた。

磐音はこたびの山形藩の内紛に絡み、

(なんとしても知己や許婚を引き裂くような結果になってはならぬ)

という思いがあった。

だが、すでに多くの血が流れていた。

「佐々木様、飯屋が店を開けたようだ、なんぞ腹に詰め込んでいきませんか」

と園八が磐音に問うた。

半丁先の辻に飯屋があり、辺りの紅花畑から朝靄《あさもや》が立ち昇っていた。

「次の宿の六田《ろくた》までは二里半はございます」

「そういたそうか」

飯屋は、最上三十三観音の第一番札所若松寺への道の追分《おいわけ》にあった。若松寺は、南に離れること一里半の地にある立石寺《りっしゃくじ》の開祖円仁《えんにん》が整備したと伝えられる。

この若松寺が整備された貞観《じょうがん》年間（八五九〜八七七）には、京の都では応天門が炎上する騒ぎをきっかけに異変が頻発し、奥羽の地でも地震、火山の噴火と自然の猛威が続いた。そこで朝廷では、出羽国内に国分寺と並ぶ寺六ヶ所を建立し、国体鎮護を祈らせたという。そんな出羽の地を今、紅花が覆い尽くしていた。

「お婆《ばば》、なんぞ朝餉を食べさせてもらえねえか」

腰の曲がった老婆が園八の形《なり》を見ると、

「江戸の人は口が奢っているから、さて口に合う朝飯が仕度できるかどうかだがね」

と首を傾げた。

「紅花大尽の道中ではねえさ。供されたものはなんでも馳走になるぜ」

園八とお婆の会話を聞きながら、磐音は刺すような視線を感じて辺りを見回した。

だが、夜が明け切ったばかりの紅花の畑が長閑に広がるばかりで、危険な気配は感じられなかった。

三

朝餉を摂った一行は再び街道に出た。

「半夏一ツ咲き」

と呼ばれる紅花摘みの最盛期である。

道の両側に橙《だいだい》色の花がどこまでも広がり、あちらにもこちらにも陽が昇るのと競い合うように女たちが働く姿があって、花摘み唄が響いていた。

「明けぬ中《うち》から畑辺にいきて、見れば美し花あかり」

まさにそのような光景が朝靄の中に展開されているのだ。

磐音らは羽州街道に入っていくつも紅花畑を見てきたが、これほどの規模の花摘み風景には初めて接した。

「壮観と言うべきか、華麗と表現すべきか」

「いやはや、これが最上紅花の本場の畑にございますか。わっしなど溜息が出て目がくらくらするばかり、言葉もございませぬよ」

と磐音の言葉に応じて園八が感嘆した。

「いや、聞きしに勝る景色にござるな」

と磐音は答えるしかない。

「最上千駄、山形藩は確かに六万石の中大名ですが、この最上紅花があるだけで他の大名方に羨まれましょうな。前田屋内蔵助様が全盛の白鶴太夫を身請けすると聞いたとき、わっしは正直、田舎大尽が吉原の太夫を落籍できるものかと思ったものですよ。一面紅花畑、この一匁が金一匁に匹敵すると言われれば、わっしも得心いたしました」

園八の驚きの言葉はいつまでも繰り返された。

また、女衆が摘んだ花びらを、街道脇の清流に足まで浸かって洗っている光景が見られた。女衆にはお婆から小さな娘まで混じっている。

その洗った花弁を陰干しにして、筵《むしろ》と筵の間に敷いて足で踏んで発酵させるのだ。

別の庭先では木臼で搗いて、花餅《はなもち》を拵えていた。

さらにそのような作業風景の展開される百姓家の間を、算盤《そろばん》を持った紅花商人の番頭や手代が走り回り、収穫を帳簿に書き付けていた。

忙しく動き回る商人衆の中には、京、江戸の紅花商人も混じっているらしく、京訛りや江戸言葉が聞かれた。

　一駄三十二貫の花餅を積んだ荷馬が、磐音らが進むのと同じ北へ、何十頭も歩いていく景色が見られた。

「荷駄はどこへ行くんです」

　と千次が磐音に訊いた。

「われらが訪ねる大石田河岸であろう。大石田河岸は最上川舟運の拠点の河岸じゃそうで、この河岸から酒田湊まで一気に舟下りがなされると聞いた」

　磐音が桃李尼から仕入れた知識を披露した。

「山に囲まれた内陸の最上紅が京へ上るのに、大石田河岸は欠かせねえってわけですね」

　と園八が訊き、

「いかにもさようじゃ」

　と磐音は応じながら、朝餉を摂る前に感じていた尾行の気配がないことを却って訝しく思っていた。

「このような内陸の最上紅は、最上川舟運なくば京にその所在を知られることもなく、高値で取引きされるようなこともなかったであろうな」

「分からねえ」

　と千次が言った。

「なんだな、千次どの」

「前田屋は藩の首席家老の舘野様に睨まれて、旦那の内蔵助様が内屋敷に閉じ込められて責めを負わされてきた。紅花商いを仕切る店も商い停止《ちょうじ》に追い込まれ、この紅花摘みの真っ盛りににっちもさっちもいかないはずだ。なのにさ、紅花摘みは差し障りもなく行われているし、商人衆も走り回っている。どうしたことなのでございますか、若先生」

　千次に指摘されて磐音も気付かされた。城下の騒ぎは紅花の栽培地にはなんの障害ももたらしていないのか。

「佐々木様、お城の大悪なんぞがどう騒ごうと、最上義光様以来のご朱印状の紅花文書が百姓衆と京の紅花商人までをしっかりと結び付けて、商いはびくともしないのではございませんか」

　と千次の疑問に園八が答えた。

「そうかもしれぬな」

「とすると、舘野様方が必死に紅花文書の行方を追われる理由が分かりませんねえ」

　と園八がさらなる疑問を呈した。

　磐音はふと、紅花文書だけが人々を動かしているのではない。眼前に展開する紅花摘みと商いを、前田屋内蔵助に代わって、だれかが陣頭指揮しているのではないかと思った。

（奈緒が内蔵助どのに代わって紅花商いの陣頭に立っているのか）

　そんな思いが脳裏を過ぎった。

　清月院の桃李尼は、

「奈緒様は私どもの句仲間の土屋《つちや》紅風《こうふう》様を頼り、大石田河岸に身を潜められました」

　と阿弥陀如来の前で磐音に告げ、

「この庵や、久保村双葉様の末摘庵で催される句会は、城中の舘野様方には知られておりませぬ。そこで内蔵助様の命で奈緒様が一時身を隠す場所として、私の知辺《しるべ》に願うたのです」

　とさらに言い添えたのだ。

「句のお仲間が奈緒どのの頼られた先でしたか」

「松尾芭蕉翁以来、羽州街道は俳諧の集まりが処々方々にてございます」

とだけ説明した桃李尼であった。

奈緒が内蔵助のもとを離れて紅花の大産地に向かったのは、内蔵助に代わって紅花商いを中断することなく続ける意図もあったのではないか、と磐音はふと推測した。

谷地《やち》の里に差しかかった頃合いから、磐音は尾行の気配を再び感じとった。

(奈緒のもとまで尾行を伴うわけにはいかぬ)

と即座に肚《はら》を固めた。

「園八どの、千次どの、この橙色の海に幻惑され、立ちくらみを起こしたようじゃ。すまぬが、馬子衆が屯《たむろ》しているあの茶店で休ませてもらえぬか」

「えっ、佐々木様が立ちくらみですと。そいつはいけねえや。千次、佐々木様が休める場所があるか訊いてこい」

園八に命じられた千次がすっ飛んでいった。

「佐々木様、なにがございましたので」

と園八が尋ねた。

「連れがいるようじゃ。もはや奈緒どののおられる地も近い。相手に行く先を悟られたくないゆえ、なんぞ策をと考え、下手《へた》な仮病を使うた」

「それで千次を騙《かた》ったんですね。策とは一体、なんでございますか」

「陽が落ちるまで、あれなる茶店で時を過ごそうと思うてな」

「ほうほう」

「下手な策だが、相手が引っかかってくればそれはそれでよし。やってみようではないか」

磐音は、腰を落としてそろそろとした足の運びに変えた。磐音を励ますように、

「佐々木様、江戸からちょいとばかり無理をしたのがここにきて応えたようだ。道中はまだ長うございますよ。ひと休みして参りましょうぜ」

とわざとらしい大声で園八が励ました。

茶店は紅花摘みの季節に飯や酒まで供する藁葺きの百姓家だ。

千次が茶店に掛け合い、風が吹き渡る、奥の板間を借り受けてくれた。その板間に花蓆《はなむしろ》が敷かれ、磐音がいかにも立ちくらみをした体《てい》で横になった。

「園八どの、千次どの、相すまぬな。そなたらは酒でも飲んでしばし待ってくだされ」

と願った磐音は両眼を閉じた。

千次が茶店の井戸端に走り、冷たい水に浸して固く絞った手拭いを持ち帰ると、

「若先生、これをお顔に当ててください。火照《ほて》りがとれると気分も戻りますよ」

と真剣な様子で磐音の額に当ててくれた。

「これは気持ちよい、千次どの」

いつになく弱々しい声で答えた磐音は、すぐに眠りに落ちたか、寝息を立て始めた。

「山形に入ってから佐々木様はまともに寝ておられねえからな。気分が悪くなってもおかしくはねえや」

と言う園八の声が、茶店の開け放たれた窓の外まで流れた。

その刻限、山形城下では舘野派、反舘野派双方が一触即発の危機に直面していた。どこから洩れたか、江戸の秋元永朝から国許の騒ぎを案じる書状が届いたとの風聞が流れて、

「永朝様が上意を示されたそうな」

「上意とは、紅花専売制をお許しになったということか。それともこれまでどおり紅花文書の取引きを保持なさるということか」

「それが分からぬ」

「首席家老の舘野様が、重臣のみならず家臣総登城を命じられる考えというぞ」

「永朝様の上意を無視して一気に片を付ける気か」

「さて、そのへんが分からぬ」

と武家地でも町屋でもひそひそとした会話が繰り返されていた。

そんな折り、

「舘野様の手に紅花文書があるというぞ」

という風聞が城中を席巻した。

「前田屋内蔵助がご家老に差し出したというか」

「内蔵助は行方知らずになっておるという話ではないか。それはちとおかしかろう」

「となると偽の紅花文書を作ったか」

「偽文書であれなんであれ、殿のお留守に一気に決着を付ける気だな」

山形城下に永朝の上意状と紅花文書、二通の書き付けがある。

藩主の留守に藩政改革を行い、紅花専売制を強行しようとする首席家老一派と、その専横に反対する一派が、それぞれに藩士を参集し、対決の時に備えて走り回っていた。

夕刻になって舘野派より、

「江戸の永朝様が紅花専売制にお墨付きを与えられた」

という噂が流れて、

「これで勝負は決したぞ。ご家老の手の中に紅花文書と永朝様のお墨付きがあれば、もはや言うことなしだ」

「馬鹿を言うな。だから、そいつが偽だというのだ」

「偽でもなんでも、舘野様は今晩じゅうにも城中の実権を握って、前田屋に代わり、奥羽屋徳兵衛を紅花商人の首座に据える気だ」

「いよいよ紅花奉行播磨屋三九郎様の傀儡《かいらい》、奥羽屋徳兵衛が出て来たか」

反舘野派は、首席家老に対抗する人材を欠いていた。永朝の忠臣らはほとんどが参勤のために江戸に出ていた。

先代の涼朝の重臣久保村双葉のもとに町奉行宗村創兵衛らが参集していたが、目付の酒井弥太夫ら主だった反舘野派の面々は、謹慎を命ぜられて思うように動くことができなかった。ために反舘野派の形勢が急に悪くなっていた。

暮れ六つ（午後六時）、高札場に家中総登城の触れが張り出された。

日時は翌朝四つ（午前十時）の刻限だ。

館野屋敷から勝鬨《かちどき》にも似た歓声が上がり、城の内外で、

「期待と失望」

悲喜こもごもの感慨が流れた。


最上川河畔《かはん》の末摘庵では、危険を顧みず訪問してきた町奉行宗村創兵衛ら数人の反館野派の面々が、久保村双葉と対面していた。

「ご隠居、なにか手はござらぬか」

「宗村、待つしか手はない」

双葉の声は沈鬱《ちんうつ》にも空しく響いた。


磐音は二刻半（五時間）ほどぐっすりと眠り込んだ。

目覚めたとき、すでに陽は西に傾き始めて、茶店の外に広がる紅花畑はさらに濃い橙色に濁り、人間の欲望を象徴したような黄金色の海と化していた。

「お二人には迷惑をかけ申した」

「ぐっすりと休まれてお顔の色もよくなったようだが、佐々木様、無理は禁物ですよ。わっしらは昼餉抜きだ。ちょいと早いが夕餉を兼ねた飯を食べて、陽が落

ちてから道中を始めませんか」

「園八どの、そのほうが涼しいかな」

「まあ、佐々木様が体をおかしくなさるのは鬼の霍乱《かくらん》でございましょう」

「そなたら、昼餉も摂らずじまいであったか。それは相すまぬことをした。千次どの、なんぞ食べるものと酒を注文してくれぬか」

と千次に願った磐音と園八はさらに悠然と茶店の板間を占拠して、最上川で捕れたという鮎《あゆ》の塩焼きで一献かたむけた。

茶店の女衆に、

「長居をして相すまぬ。お蔭で気分もすっかりよくなった」

と過分にお代を残して再び街道に出たとき、陽はとっぷりと暮れていた。

用意の小田原提灯に火を入れての夜旅になった。

次の宿場は一里先の楯岡《たておか》だ。もはや急ぐ旅ではない、ぶらりぶらりと行く磐音の様子に千次が、

「兄い、やっぱり若先生は、まだ無理だったんじゃないかねえ」

と案じた。

楯岡までの一里に一刻(二時間)ほどをかけて、夜が更《ふ》けるのを待っての道中だ。

「さてさて、そろそろ鬼が出るか蛇《じゃ》が出るか」

と不敵な笑いで呟いた園八だが、相手はなかなか正体を見せようとしなかった。

「佐々木様、どうしたものですかねえ。佐々木様一人にやられて、もはや相手方には刷新組の武術家は残ってねえはずだ。となると出るのは家中の方々か」

楯岡を越えると、羽州街道は最上川と寄り添うように大石田河岸で合流した。

磐音も園八も、なんとしても大石田河岸に入る前に決着を付けたいと思っていた。

だが、磐音らがいくら隙を作っても相手はその策に乗ろうとはせず、磐音らが奈緒と面会する機会をひたすら窺っていた。

夜明け前、ついに楯岡から二里半を歩いて、羽州街道が最上川と接する大石田河岸手前まで辿り着こうとしていた。

夜明けを告げる微光が走った。

最上川が帯のように鈍色《にびいろ》に光ってくねり流れるのが朝靄の中に見えた。

「あれが最上川の流れにございますね」

園八が、夜旅も徒労だったかという体で呟いた。

最上川は標高六千余尺の吾妻山付近に水源を発し、米沢盆地、山形盆地、庄内平野と潤しながらの急流で、その全長五十七里（二百二十九キロ）に及び、酒田湊で日本海に出た。

芭蕉は、

「五月雨《さみだれ》をあつめて早し最上川」

と奔流を詠《よ》んだが、遠くに見る大河は穏やかな様相を見せていた。

磐音は最上川の流れを見ながら、河畔に小さな寺があるのを見ていた。

「園八どの、最後の賭けをしてみぬか」

と寺に向かって歩を速めた。

山形の城下外れの河畔にある末摘庵からおよそ十里下流の寺は、

「紅葉山水流寺」

と山門に記されていた。その石段前で、

「佐々木様、ようやく奈緒様と対面が叶いますね」

と園八が声を張り上げたとき、

「待ちなはれ」

とお馴染みの声が三人の背でした。

「おや、奥羽屋の番頭銀蔵さんではございませんか」

園八が、最上川を背にして独り立つ銀蔵に言いかけた。

「さんざん苦労させられましたが、やっぱりおまえさん方、前田屋の内儀に会いに遠出したんやな」

「銀蔵鼠、なんのこってえ」

「前田屋の女房が紅花文書を持たされてんやろ」

「よく分かったな、銀蔵鼠」

園八が苦笑いしたとき、舘野桂太郎の腰巾着《こしぎんちゃく》村井雪之丞が二人の武芸者を伴い、銀蔵のかたわらに姿を見せた。

「銀蔵、これから先はわれらが始末をつける」

と村井が銀蔵に命じた。

「おや、本日は主どのはおられぬか」

磐音が問うた。

「桂太郎様は城下から離れられぬ身だ」

村井は答えると、

「佐々木磐音、わが山形藩剣術指南津森民蔵《つもりたみぞう》先生と、師範の冬木千早《ふゆきちはや》様にご足労願うた。覚悟いたせ」

と二人の連れの身分を明かした。

津森が磐音に会釈した。

「津森先生、冬木どの、とくとお考えあれ。江戸在府の永朝様のご意思に叶うものであるか否《いな》か」

「黙れ、黙れ！」

村井が喚いた。

無言のままに津森と冬木が、
すうっ
と磐音らの前に出た。すでに刀の鯉口は切られていた。そして、初めて口を開いた。

「佐々木氏《うじ》、そなたには何の怨讐《おんしゅう》もござらぬ。これも浮き世の義理、致し方なきことにござる。お立ち合い願おう」

五十路を超えたと思われる津森が磐音に丁重に話しかけ、すらりと剣を抜いた。定寸より短い二尺一寸三分余の刀だった。

師範の冬木も師に従った。

「佐々木様、お相手も覚悟の前だ。生半可なことでは済みますまい」

園八が道中差を抜き放った。それに倣《なら》い、千次が金剛杖《こんごうづえ》を構えた。二人で村井と銀蔵を狙うつもりのようだ。

最後に磐音が包平を静かに鞘走らせた。

この界隈に奈緒がいる以上、憐憫は無用だ。この四人を生き残らせることはできなかった。

磐音はその決意で包平を正眼に置いた。

津森民蔵も冬木千早も期せずして正眼を選んでいた。

間合いは一間半だ。

磐音は津森と冬木を等分に見ながら、呼吸を読んでいた。

水流寺の鐘撞《かねつ》き堂の鐘が、

ごーん

と六つ（午前六時）の時鐘を告げた。

その瞬間、津森と冬木が磐音に殺到した。

二人の動きを見極めつつ、磐音も津森に向かって踏み込んでいた。

一気に間合いが縮まり、互いの正眼の剣が相手の肩口に落とされた。見物がいれば、

「相討ち」

　と見紛う応酬《おうしゅう》であった。

　五寸七分ほど長く、かつ刀身の重い包平の斬撃が一瞬早く津森の肩を袈裟《けさ》に深々と斬ると、その場に津森の体を押し潰していた。

「ひえっ」

　と銀蔵が悲鳴を上げ、それが冬木の攻撃を遅らせた。

　磐音はその間に包平を脇構えに移して、冬木が踏み込むのと同時に車輪に引き回していた。師範の冬木は目の前で師の津森が斃された事実に動揺していた。それが剣捌きに現れた。

　磐音が冬木の体の前を右から左に流れて包平を引き回したとき、勝負は決していた。

　前のめりに冬木が斃れ、その戦いの場にもう一つ絶叫が加わった。

　園八の道中差が村井雪之丞の腹部に突き刺さっていた。

「ひゃっ」

　と叫んだ銀蔵がその場から逃げ出そうとする足を、千次の金剛杖が払い、その場に転がした。

「佐々木様、こやつを突き殺しますかえ」

と園八が言い、

「ふえぃ、命ばかりはお助けを」

と銀蔵が願うのへ、磐音が、

「この者、あれこれと承知のようじゃ。城下に連れ戻るとしよう」

と応じた。

四

朝まだきの大石田河岸には酒田湊に向かう何十隻もの紅花船が待機して、昨日のうちに到着していた酒田船はすでに陸揚げを始めて、威勢の一端を見ることができた。

古から最上川の流れを利用しての舟運はあった。だが、名にし負う急流の上に難所が多く、特に中流域に待ち受ける三難所、碁点《ごてん》、三ヶ瀬《みのせ》、隼《はやぶさ》は危険で、多くの船や人の命を呑み込んできた。そこで最上義光が三難所の岩盤、岩場を切り開き、山形城下近くから酒田湊への舟運を定期化させたのだ。

明暦年間（一六五五〜五八）、最上川の中継基地、清水河岸の清水船が酒田から荷を積む場合、番船制がとられていた。順番を待つと、まま二十日も三十日もかかることがあった。そこで中流域の大石田河岸で陸揚げして清水までは荷馬で運送することが多くなり、酒田湊に次いで大石田河岸が勢力を持つようになった。

さらに後年、商人荷物は、

「上り酒田船、下り大石田船」

に積む片運送制が決まり、大石田河岸の発展は著しいものになった。

大石田河岸は物産の集散地として重要度が高まり、大石田惣町は幕府直轄領と山形藩領の半々の支配が続くことになる。

この大石田河岸が最も栄えたのは元禄《げんろく》から享保《きようほう》期（一六八八〜一七三六）で、大石田河岸は下り荷をほとんど独占し、船肝煎《ふなきもいり》も船差《ふなさし》も大石田商人が実権を握っていた。

銀蔵を連れた磐音らは、大石田河岸の賑わいを河岸の一角から眺めていた。

「こやつ、どういたします」

と園八が磐音に訊いた。

「大石田河岸には幕府代官所の番所があるはずじゃ。そこから山形に送れぬものか」

園八が船問屋の番頭らしい男に尋ねて幕府番所を知った。

河岸を見下ろす高台に建つ番所には、武士身分の手代二人と小者数人が詰めていた。

「お願いの筋がござって参った」

手代が後ろ手に縛られた銀蔵を見て緊張した。

磐音は事を早く運ぶために、御側御用取次速水左近の添え書きのある手形を提示した。すると手代の態度が一変した。

「こやつ、江戸で悪さをしのけた者にございましょうか」

「いや、そうではない」

磐音は銀蔵を山形城下、町奉行宗村創兵衛のもとに極秘裡《り》に、しかも早急に送ってもらいたいと願った。

「ならば即刻早馬を仕立てますゆえ、今晩じゅうには山形に到着します」

家治御近習にして老中より権限があるとも言われる幕閣の手形を持参した者の頼みだ。即刻聞き入れられた。

磐音は、造作をかけ申すと礼を述べ、愕然と肩を落とす銀蔵を、

「銀蔵どの、そなたらの策動は、ご公儀の知るところ、もはや勝負は決着したに等しい。そなたも商人の番頭なら、どちらにつけば命が助かるか、判断もつこう。このこと、しかと考えよ」

と諭した。

「舘野様方に勝ち目はないと言わはりますのんか」

「江戸の永朝様より上意が届いておる。藩主に一家老が逆らえると思うてか」

むろん未だ山形藩の内紛は混沌《こんとん》として、どちらに形勢が傾くか分からない状況だった。

磐音らの手に落ちた銀蔵はしばらく沈思した後、

「わてはなにをすれば命が助かりますのや」

「紅花文書を巡る、舘野様と奥羽屋徳兵衛との密約を、町奉行宗村様に洗いざらい話すのじゃ。それがただ一つ、そなたが生き残る道じゃ」

との磐音の説得に銀蔵が応じた。

磐音はその場で宗村創兵衛に宛てた書状を記すと、番所手代に携帯させることにした。

番所を出た三人は再び大石田河岸に戻った。河岸はさらに活況を帯びていた。

河岸問屋の前には何十駄もの紅花が積まれて、船積みが行われている最中だ。

大石田河岸の河岸問屋は、近くの延沢《のべさわ》銀山から移住してきた者と、山形藩の大石田村の庄屋などを代々務めた系譜の者とに分かれた。

清月院の句仲間、土屋紅風こと作左衛門《さくざえもん》は大石田村の大庄屋の出であった。

紅風の河岸問屋は大石田河岸の真ん中にあって、店構えも一段と立派だった。

磐音が忙しそうに立ち働く奉公人に紅風への面談を願うと、

「大旦那は山屋敷だ」

と河岸の裏手の高台を指した。

奈緒との対面がいよいよ迫っていた。

「佐々木様、ここからはお一人でお行きくだせえ。わっしらが表に立つのは奈緒様のためになりませんや」

園八は奈緒の昔の身分を考慮して遠慮した。

「相分かった。そなたらの厚意は奈緒どのに告げよう」

河岸問屋や旅籠が連なる路地を高台へと、磐音は一人上がって行った。

大石田河岸を仕切る実力者土屋紅風の山屋敷の豪壮な長屋門の前に立つと、門内の広々とした庭が見えた。そこでは大勢の奉公人が忙《せわ》しげに紅餅作りの作業を行っていた。

　土屋紅風は河岸問屋ばかりか、紅花の栽培人でもあったのだ。

「ご免」

　と言う磬音の声に、

「どなたかな」

　と言う声がして、裁《た》っ着《つ》け袴《ばかま》の初老の男が大勢の奉公人の中から姿を見せた。

「卒爾《そつじ》ながらお尋ね申す。土屋紅風どのでございますな」

「いかにも紅風は私にございますが、そなた様は」

「江戸から参った佐々木磬音と申します」

「佐々木様、どなたからのご紹介にございますかな」

　紅風は、江戸から来たと名乗った磬音を警戒するように訊き返した。

「山形の清月院桃李尼様にございます」

「ほう桃李尼がな」

　と応じた紅風が、今一つ磬音の正体が摑めぬふうで小首を傾げた。

「こちらに、前田屋のお内儀奈緒どのがおられましょうか」

「いえ、そのようなお方は」

「おられぬと申されますか」

「おられませぬ」

と紅風がきっぱりと否定した。

「訝しゅう思われるのは致し方ございませぬ。紅風どの、その昔、小林奈緒どのの父上が奉公なされた西国大名家に、それがしも仕えた身にござる。その折りは坂崎磐音と申しました」

紅風の顔になにか思い当たるような感情が走ったが、言葉にはしなかった。

「桃李尼が、紅風のもとに奈緒様がおられると言われましたか」

磐音は頷いた。

「また久保村双葉様にもお会いしてござる」

「そなた様はなにゆえ、奈緒様と申される女性《にょしょう》に会いに参られたな」

「奈緒どのが、こたびの山形藩の内紛の鍵を握る紅花文書を所持しておられると思われるからにございます」

「佐々木様は江戸のお方、山形藩とはなんの関わりもなき身にございますな」

「いかにもさようです」

「では、なぜ関心を持たれますな」

と紅風がさらに追及した。

奈緒と面会するには紅風を納得させるしかなかった。

「それがし、その昔、小林奈緒どのの許婚にござった」

紅風が両眼を剝いて磐音を見た。そして、大きく合点するふうを見せた。

「思い出しました。双葉のご隠居からちらりと、奈緒様の遍歴を伺ったことがございます。そなた様が奈緒様の」

磐音が頷き返した。

「それがし、前田屋内蔵助どのが奈緒どのを吉原から身請けなされた折り、千住大橋で待たれる内蔵助どののもとに奈緒どのをお送りいたしました。その折り、奈緒どのがこれで幸せになれると確信いたしたのでござる。されど、山形から吉原に奈緒どのと前田屋の危難が知らされ、かく山形に駆け付けた次第にござる」

「奈緒様を助けに参られたと」

「紅風どの、幼馴染みの奈緒どのは、藩政改革に絡んで悲劇の数々に見舞われ苦労なされた。せめて山形では平穏な暮らしをと念じて参ったのです」

「こちらへ」

と紅風は山屋敷の長屋門を出ると、塀伝いに磐音をどこかへ案内しようとした。

「奈緒どののは紅凧どののお屋敷におられるのではないのですね」

「いえ、離れ屋にお住まいです。そして、内蔵助様の身を案じて、日夜、神仏に祈っておられます」

磐音は頷いた。

「奈緒様は不安を忘れるためもございましょうが、紅花のことを学びたいと、うちの奉公人に混じって紅餅を作る作業を始め、どのような力仕事にも加わっておいでです。奈緒様はただ今内蔵助様の代役を身をもって務めておられますのじゃ。今朝は、紅花畑に出られて花摘みをなさっておられます」

磐音はようやく奈緒の影を踏んだと思った。

土屋家の長い塀を曲がって裏の紅花畑に出た。すると天童で見た紅花畑ほどではないが、うねうねとした黄色の敷物が広がり、女衆の姉さん被りの頭が上下して花摘み唄が聞こえてきた。

「佐々木様、ほれ、白手拭いの女衆がこの紅花畑の真ん中におられましょう。あのお方が奈緒様にございます」

と紅凧は指差し、磐音に一人で行くよう目顔で促した。

「お心遣い、有難き幸せに存ずる」

磐音は紅風に頭を下げると紅花の畝《うね》に入っていった。すると磐音の背に紅風の呟きが聞こえた。

「行《ゆ》くすゑは誰肌《たが》ふれむ紅の花」

磐音は朝露が光る紅花の間を進んだ。すると朝の光に当たって硬さを取り戻した棘がちくちくと磐音の手を刺した。

不意に奈緒の歌声が響いた。

「おらもいきたやなー　青毛に乗ってよ
紅のともして　都まで」

幼き頃から耳に馴染んだ、澄んだ声だった。

奈緒が作業する畝と磐音が進む畝は異なっていた。磐音と奈緒の間には二つの畝があった。

磐音は奈緒の数間に迫り、足を止めた。

奈緒は花びらを摘むと腰に下げた竹籠《てんご》に入れる作業に没頭していた。

朝の光が強くなり、霧が戸惑うように流れた。

「奈緒どの」

磐音の呼びかけに、奈緒の背がびくりと動いて凍り付いた。その姿勢のまま呟く声がした。

長い沈黙があった。

「磐音様」

「いかにも、佐々木磐音にござる」

「おこん様と祝言《しゅうげん》を挙げられたと風の便りに聞いておりました」

「坂崎磐音はもはやこの世におらぬ」

「いえ、奈緒の心には永久《とこしえ》におられます」

と奈緒が応じ、磐音が返した。

「内蔵助どのは、ただ今お医師の手にある」

「えっ」

と振り向こうとしたが、奈緒は耐えた。

「お命に別状はなかろう」

「磐音様は、なぜ山形にいらしたのですか」

「吉原会所の若い衆二人と江戸より急行して参った」

「吉原が人を送ってくださった」

「奈緒どのは全盛を極めた太夫にござればな」

「それにしても、磐音様まで、なぜ」

「と問われるか」

「奈緒の身を案じてのことにございますか」

「その他に理由《わけ》があろうか。そなたの兄琴平を斬ったはそれがしじゃ」

「仰《おっしゃ》いますな。上意にございました。それに兄はあの折り、河出慎之輔様に姉の舞を手討ちにされ、尋常ではございませんでした。磐音様がお苦しみになることはございません」

　磐音は小さな息を吐いた。

「奈緒どの、琴平と慎之輔、舞どのら三人は、白鶴城を見下ろす猿多岬《さるたさき》の墓地に眠っておる」

「なんと」

　奈緒の背が震え、忍び泣く声が紅花を揺らした。

「いつの日か、墓参に戻りとうございます」

「内蔵助どのと参られよ。関前藩はそなた方を拒みはすまい」

　と答えた磐音が、

「奈緒どの、前田屋がこれまでどおり紅花商人首座を保つためには紅花文書が欠かせぬものにござる。奈緒どのが秘匿なされておられるのなら、それがしに同道して山形にお戻りくだされ」

と磐音が言ったとき、背に殺気を感じた。

くるり
と振り向くと、眦《まなじり》を決した舘野桂太郎が、紅花を蹴《け》散《ち》らして突進してきた。

林崎夢想流の居合いを遣うという桂太郎の刀は未だ鞘の中だ。

磐音は包平を抜くと桂太郎の前に立ち塞がった。

桂太郎が足を止めた。

紅花畑の真ん中、二人は間合い数間で睨み合った。

「紅花文書、われらのものだ」

「偽の文書では永朝様を騙ることはできぬと悟ったか」

「言うな」

桂太郎が手の動きを紅花で隠すように腰を沈め、畝を走り始めた。

磐音も従った。

紅花畑は果てしなく続き、光が強まってさらに硬くなった棘が、二人の対決者の足と手を刺した。だが、生死をかけて戦う二人には棘の痛みなど感ずる暇はなかった。
不意に桂太郎の足が止まり、今度は元来た畝を戻り始めた。
磐音も従った。
二人の間には五つ、六つの紅花の畝があった。
紅花が袴の裾《すそ》に揺れ、黄色い海が揺れた。
朝霧はもはや消えていた。
磐音が構える包平が煌めき、桂太郎が、
「許せぬ」
と叫ぶと再び足を止め、呼吸を整えるや紅花を踏みしだいて磐音に突進してきた。
磐音は正眼の剣を固定したまま、居眠り剣法の構えに移した。
春先の縁側で老猫が日向ぼっこをするように、長閑にも静寂の構えだった。
一気に間合いが詰まり、桂太郎の弾む呼吸が磐音の耳にも大きく聞こえた。
気合いもなく桂太郎の右手が流れ、紅花が、
ぱあっ
と斬られて虚空に舞い上がった。次の瞬間、刃が磐音の腰へと伸びてきた。

その直後、不動の包平が、

ふわり

と戦《そよ》ぎ、突進してきた桂太郎の喉元を、

すうっ

と撫で斬った。

紅花の海に血飛沫《ちしぶき》が散った。

「うっ」

と呻いた桂太郎が一瞬硬直し、次の瞬間、よろよろとよろめくと、

ばたり

と紅花畑に沈み込んで消えた。

磐音はふうっと一つ息をつくと、舘野桂太郎に向かって片手拝みをした。そして、ゆっくりと血振りをした包平を鞘に納めた。

「奈緒どの」

磐音が振り向いたとき、奈緒の姿はなかった。

ただ、無情の風が最上川河畔の紅花畑を吹き渡っていた。

再び、奈緒は磐音の眼前から消えた。

翌未明、磐音は山形城下清月院の本堂に独りいた。

大石田河岸の紅花畑から姿を消した奈緒は、紅花文書の隠し場所を紅風に言い残していた。それはなんと清月院のご本尊阿弥陀如来の胎内に秘匿されているというのだ。

奈緒がなぜ山形城下に大事なご朱印状を残そうとしたか、知る由《よし》もない。

磐音は大石田河岸から早馬を仕立てると、園八と千次を残して山形へ急行した。

そして、清月院に駆け込むと阿弥陀如来像から紅花文書を取り出し、急ぎ久保村双葉に届けた。

磐音が手を尽くすべきことはすべてなした。

あとはただ首尾を待つだけだ。城中では国許にある家臣が総登城して、紅花専売制が夜を徹して議論され、議決されようとしていた。

磐音はそのような動きには無縁に、ただ待った。

清月院に駕籠《かご》が到着した様子があって、町奉行宗村創兵衛と目付酒井弥太夫が本堂に姿を見せた。

磐音に一礼した二人は、まず阿弥陀如来の前に座すと瞑目し、合掌した。

疲労し切った二人の五体から安堵の表情が漂い、目を見開くと磐音を見た。

「終わった。終わり申した」

と宗村が呟くように言い、

「殿の上意書と紅花文書が、首席家老舘野様とその一派を打ち砕くこととなりました。佐々木どの、われら、言い尽くし難い世話をそなたにかけ申した。御側御用取次速水左近様を通じての迅速な殿への働きかけがなければ、かかる結果を迎えられなかったやもしれぬ。佐々木どの、すべてそなたのお蔭にござる」

と酒井も言い添えた。

「ご両者、ご苦労に存じました」

「舘野様が首席家老を辞すことと紅花奉行職の廃絶で、こたびの騒ぎは一応の決着をみた。来春、永朝様が山形に帰着なされる折りに、舘野様には正式な沙汰が下り申す」

「前田屋はどうなりましたな」

「商い停止は取り下げられ、元のとおり紅花商人首座として紅花商売に従事することになりました。後々、藩財政立て直しの協力を命じられましょう。舘野家老と密約した奥羽屋徳兵衛とお店には勘定物産方、町奉行の手が入り、これからお調べが始まります」

「藩を二分した騒ぎじゃ。旧に復するには長い年月がかかろうな」

と宗村が締め括った。

磐音は豊後関前藩の騒ぎに山形藩のそれを重ね合わせ、頷いた。

「ともあれ終わった」

「酒井どの、立て直しはこれからにございます」

「いかにもそうであった」

と磐音の言葉に応じた酒井弥太夫が、再び阿弥陀如来へ合掌した。


おこんは母屋の仏間に入ると、重富利次郎らが鎌倉河岸《かまくらがし》裏の青物市場にわざわざ足を運び、探し求めてきた紅花を差した花瓶《かびん》を仏前に捧げ、

(恙無《つつがな》く江戸に帰着されますように)

と亭主の道中の無事を念じた。

瞑想《めいそう》するおこんの脳裏に、うねうねと広がる黄色い紅花畑が浮かび、磐音ら三人が炎天下の羽州街道を黙々と旅する光景に変わった。

本書は『居眠り磐音　江戸双紙　紅花ノ邨』（二〇〇八年七月　双葉文庫刊）に
著者が加筆修正した「決定版」です。

編集協力　澤島優子
地図制作　木村弥世
ＤＴＰ制作　ジェイ　エスキューブ

文春文庫

紅《べに》花《ばな》ノ邨《むら》
居眠《いねむ》り磐音《いわね》（二十六）決定版《けつていばん》

定価はカバーに
表示してあります

2020年3月10日　第1刷

著　者　佐《さ》伯《えき》泰《やす》英《ひで》
発行者　花田朋子
発行所　株式会社 文藝春秋

東京都千代田区紀尾井町 3-23　〒102-8008
TEL 03・3265・1211㈹
文藝春秋ホームページ　http://www.bunshun.co.jp

落丁、乱丁本は、お手数ですが小社製作部宛お送り下さい。送料小社負担でお取替致します。

印刷製本・凸版印刷

Printed in Japan
ISBN978-4-16-791460-8